TRANZLATY

Sprache ist für alle da

语言属于每个人

Die Verwandlung

变形记

Franz Kafka

弗朗茨·卡夫卡

Deutsch

普通话

ISBN: 978-1-83566-643-2
Die Verwandlung
Franz Kafka, 1915

www.tranzlaty.com

Teil Eins
第一部分

Gregor Samsa erwachte eines Morgens aus unruhigen Träumen.

一天早晨，格里高尔·萨姆沙从不安的梦中醒来。

Er befand sich in seinem Bett, konnte sich aber nicht bewegen.

他发现自己躺在床上，却动弹不得。

Er war in ein monströses Ungeziefer verwandelt worden.

他变成了一只可怕的害虫。

Er lag auf dem Rücken, der sich hart wie eine Rüstung anfühlte.

他仰面躺着，皮肤坚硬如盔甲。

Indem er den Kopf ein wenig hob, konnte er seinen Bauch sehen.

他稍微抬起头，就能看到自己的肚子。

Sein Bauch aber war gewölbt und in Segmente unterteilt.

但他的肚子是圆顶状的，并且分成了好几节。

Die Decke lag auf seinem runden Bauch.

毯子盖在他圆滚滚的肚子上。

Die Decke war jedoch kurz davor, ganz herunterzurutschen.

但毯子几乎要完全滑落下来了。

Seine Beine wirkten im Vergleich zu ihrer üblichen Größe jämmerlich.

与他平时的腿相比，他的腿显得很细小可怜。

Und seine vielen Beine flackerten hilflos vor seinen Augen.

他眼前许多条腿无助地闪烁着。

„Was ist nur mit mir geschehen?“, dachte er bei sich.

“我这是怎么了？”他心想。

Aber es war kein Traum, aus dem er nicht erwachen konnte.

但这并非一场他无法醒来的梦。

Es war tatsächlich sein eigenes Zimmer, in dem er sich wiederfand.

他发现自己确实身处自己的房间。

Ein richtiges Zimmer für Menschen, aber leider etwas zu klein.

确实是一间适合人居住的房间，只是稍微小了一点。

Er lag still zwischen den vier bekannten Mauern.

他静静地躺在四面熟悉的墙壁之间。

Auf dem Tisch befand sich eine Sammlung von Textilmustern.

桌上摆放着一些纺织品样品。

Samsa war Handelsreisender, daher die Muster.

萨姆萨是一名旅行推销员，所以才有了这些样品。

Über den auseinandergenommenen Textilproben hing ein Bild.

在拆解后的纺织品样品上方挂着一张图片。

Er hatte das Bild erst vor Kurzem aus einer Zeitschrift ausgeschnitten.

这张照片是他最近从杂志上剪下来的。

Er hatte das Bild in einen hübschen, vergoldeten Rahmen gefasst.

他把这幅画装裱在一个漂亮的镀金画框里。

Das gerahmte Bild zeigte eine aufrecht sitzende Dame.

裱框的画作描绘了一位端坐的女士。

Sie trug eine Pelzmütze und hatte einen Pelzmuff.

她戴着一顶皮帽，还拿着一个皮手筒。

Sie hob ihre Hand in Richtung des Betrachters des Bildes.

她举起手，指向照片的观看者。

Ihr ganzer Unterarm verschwand in ihrem schweren Pelzmuff.

她的整个前臂都消失在厚厚的皮毛手筒里。

Gregor blickte aus dem Fenster auf das trübe Wetter.

格里高尔透过窗户望着阴沉的天气。

Man konnte hören, wie schwere Regentropfen gegen das Fenster prasselten.

可以听到雨滴猛烈地敲打窗户的声音。

Das graue Wetter stimmte ihn sehr melancholisch.

阴沉的天气让他感到非常忧郁。

„Wie wäre es, wenn ich noch ein bisschen länger schlafe?", dachte er.

"要不我再睡一会儿吧？"他心想。

"Mehr Schlaf könnte mir helfen, diesen Unsinn zu vergessen."

"多睡一会儿或许能让我忘记这些无聊事。"

Länger zu schlafen war jedoch völlig unmöglich.

但再睡下去就完全不可能了。

Weil er es gewohnt war, auf seiner rechten Seite zu schlafen.

因为他习惯右侧卧睡。

Sein aktueller Zustand schränkte jedoch seine üblichen Bewegungsfreiheiten ein.

但他目前的状况使他无法像往常那样行动。

Er hatte keine Möglichkeit, in diese Lage zu gelangen.

他根本不可能让自己陷入这种境地。

Er versuchte sein Bestes, sich auf die rechte Seite zu werfen.

他竭尽全力向右侧翻身。

Er hat diese Bewegung wahrscheinlich hundertmal versucht.

他可能尝试过这个动作一百次。

Aber er kippte immer wieder in die Rückenlage zurück.

但他总是会摇晃着回到仰卧的姿势。

Er schloss die Augen, um seine unruhigen Beine nicht sehen zu müssen.

他闭上眼睛，不去注意自己不安分的双腿。

Am Ende hinderten ihn seine Schmerzen daran, es noch einmal zu versuchen.

最终，疼痛让他放弃了再次尝试的念头。

Ein dumpfer Schmerz in der Seite, den er noch nie zuvor gespürt hatte.

他侧腹传来一阵钝痛，这是他以前从未有过的感觉。

„Oh Gott", dachte Gregor Samsa verzweifelt bei sich.

"哦，上帝啊，"格里高尔·萨姆沙绝望地想。

"Was für einen anstrengenden Beruf ich mir da doch ausgesucht habe!"

"我给自己选择了一份多么辛苦的职业啊！"

„Ich muss beruflich Tag für Tag reisen."

"我每天都要出差工作。"

„Büroarbeit ist viel einfacher als die Arbeit unterwegs."

"办公室工作比出差工作轻松得多。"

„Und ich habe den Fluch, ständig reisen zu müssen."

"而我则不幸地不得不四处奔波。"

„Die ganze Sorge, die Züge nicht rechtzeitig zu verpassen."

"所有关于能否准时赶上火车的担忧。"

„Meine Mahlzeiten sind unregelmäßig und das Essen ist schlecht."

"我的用餐时间不规律，而且饭菜也不好吃。"

„Meine Freunde wechseln ständig, je nachdem, wo ich hinziehe."

我的朋友总是随着城镇而变化。

„Meine Interaktionen sind kühl und professionell."

"我与他人的互动冷淡而公事化。"

„Sollen sich doch die Teufel mit solchen Arbeiten vergnügen!"

"让魔鬼来做这种工作吧！"

Er verspürte ein leichtes Jucken im oberen Bereich seines Bauches.

他感觉腹部上方有点痒。

Er stemmte sich mit dem Rücken gegen den Bettpfosten.

他用背部抵住床柱。

Er wollte seinen Kopf besser heben können.

他希望自己能更好地抬起头。

Er fand die juckende Stelle, die ihn plagte.

他找到了让他发痒的地方。

Sein Kopf schien mit kleinen weißen Punkten bedeckt zu sein.

他的头上似乎布满了白色小点。

Was diese kleinen weißen Punkte waren, konnte er nicht sagen.

他无法分辨这些小白点是什么。

Er hatte geplant, die Stelle mit einem seiner Beine zu berühren.

他原本计划用一条腿触碰那个地方。

Doch als er die Stelle berührte, verspürte er ein seltsames Frösteln.

但当他触摸到那个地方时，却感到一阵奇怪的寒意。

Daraufhin zog er sein Bein sofort von der Stelle weg.

于是他立刻把腿从原地抽了回来。

Ihm blieb nichts anderes übrig, als das Jucken zu ertragen.

他别无选择，只能接受这种瘙痒的感觉。

Und er kehrte in seine vorherige Position im Bett zurück.

他又回到了之前在床上的姿势。

„Wer so früh aufwacht, wird echt ziemlich dumm."

"早起真的会让人变笨。"

„Ein Mann braucht genug Schlaf", dachte er sich.

"人一定要保证充足的睡眠，"他心想。

„Die anderen Handelsreisenden leben in Luxus."

"其他旅行推销员过着奢华的生活。"

„Morgens übermittle ich die erhaltenen Bestellungen."

"早上我会把收到的订单转过去。"

„Währenddessen frühstücken die Herren noch."

"与此同时，那几位先生还在享用早餐。"

„Stellen Sie sich nur vor, ich würde das bei meinem Chef versuchen."

"想象一下，如果我对老板这么做会怎样。"

„Er würde mich feuern, bevor ich mit dem Frühstück fertig bin."

"我还没吃完早饭他就会把我解雇。"

„Aber vielleicht wäre das auch nicht das Schlimmste."

"但或许那也不是最糟糕的事。"

„Das Problem ist, dass meine Eltern mich zurückhalten."

"问题是我的父母拖了我的后腿。"

„Ohne sie hätte ich schon längst gekündigt."

"要不是因为他们，我早就辞职了。"

„Ich hätte mich dem Chef entgegengestellt und es ihm gesagt."

"我会站出来和老板理论。"

„Ich würde genau sagen, was ich von ihm und der Stelle halte."

"我会直言不讳地表达我对这个人以及这份工作的看法。"

„Er würde vom Schreibtisch fallen, wenn ich ihm alles erzählen würde!"

"如果我把一切都告诉他，他会从桌子上摔下来的！"

„Es ist sehr seltsam, wie er an seinem Schreibtisch sitzt."

"他坐在办公桌前的姿势很奇怪。"

„Seine Art, mit seinen Untergebenen zu sprechen, ist nicht in Ordnung."

"他对待下属的方式不对。"

„Und das Schlimmste ist, dass sein Gehör so schlecht ist."

"最糟糕的是，他的听力很差。"

„Sie haben also keine andere Wahl, als ganz nah bei ihm zu sitzen."

所以你别无选择，只能坐在他旁边。

„Aber trotz allem ist die Hoffnung noch nicht völlig verloren."

"但即便如此，希望也还没有完全破灭。"

„Ich werde das Geld sparen, um die Schulden meiner Eltern zu begleichen."

"我会把钱存起来，用来还清父母的债务。"

„Ich kann nichts tun, solange sie ihm noch Geld schulden."

"只要他们还欠他钱，我就什么也做不了。"

„Aber wenn die Schulden beglichen sind, werde ich es auf jeden Fall tun."

"但是等债务还清后，我一定会做的。"

„Es wird wahrscheinlich noch fünf bis sechs Jahre dauern."

"可能还需要五到六年时间。"

"Ja, dann wird die große Trennung definitiv erfolgen."

"是的，那么肯定会出现大分裂。"

„Fürs Erste muss ich jedoch aufstehen."

"不过，眼下我必须起床了。"

„Weil mein Zug um fünf Uhr abfährt."

"因为我的火车五点钟就要出发了。"

Gregor blickte auf den tickenden Wecker auf dem Tisch.

格里高尔看着桌上滴答作响的闹钟。

"Himmlischer Vater!", dachte er, als er die Uhrzeit sah.

"天父啊！"他看着时间心想。

Halb sieben war schon still und leise vergangen.

六点半已经悄然过去了。

Und die Zeiger der Uhr bewegten sich immer weiter vorwärts.

时钟的指针不停地向前移动。

Es war nun fast Viertel vor sieben.

现在时间已经接近七点四十五分了。

"Vielleicht hat der Wecker nicht geklingelt, um mich zu wecken?", dachte er.

"也许闹钟没响，没把我吵醒？"他想。

Von seinem Bett aus inspizierte Gregor den Wecker.

格里高尔躺在床上，看了看闹钟。

Der Wecker war korrekt auf vier Uhr eingestellt.

闹钟已正确设定为四点钟。

Er konnte es sich nicht erklären, aber der Alarm musste losgegangen sein.

他无法解释，但警报肯定响了。

"Wie konnte ich den Wecker verschlafen, ohne es zu merken?"

"我怎么会睡过头而不知道闹钟响了呢？"

Wenn der Alarm losgeht, wackeln sogar die Möbel.

警报响起时，甚至会震动家具。

Er wusste, dass sein Schlaf alles andere als ruhig gewesen war.

他知道自己的睡眠一点也不安稳。

Aber vielleicht war das der Grund, warum sein Schlaf so viel tiefer war.

但或许正因如此，他的睡眠才更深沉。

Er musste darüber nachdenken, was er nun tun sollte.

他必须好好想想接下来该怎么办。

Der nächste Zug fuhr erst um sieben Uhr ab.

下一班火车要到七点才发车。

Diesen Zug zu erreichen, wäre nahezu unmöglich.

赶上那趟火车几乎是不可能的。

Und die benötigten Textilien hatte er noch nicht eingepackt.

他还没打包所需的纺织品。

Er fühlte sich auch nicht besonders frisch und agil.

他感觉自己也不太精神，行动也不太敏捷。

Vielleicht bestand die Möglichkeit, in den Zug einzusteigen.

或许还有机会搭上火车。

Doch ein Tadel vom Chef war so oder so unvermeidlich.

但无论如何，老板的训斥都是不可避免的。

Der Angestellte wäre in den Fünf-Uhr-Zug eingestiegen.

店员本可以搭乘五点钟的火车。

Der Büroangestellte war ein willensschwaches Werkzeug des Chefs.

那个办公室职员是老板的走狗，毫无骨气。

Gregors Abwesenheit wäre also bereits gemeldet worden.

所以格雷戈尔的缺席应该已经被报告了。

„Was wäre, wenn ich mich krankmelde?", überlegte Gregor.

"如果我打电话请病假呢？"格雷戈尔正在考虑。

Das wäre aber äußerst peinlich und verdächtig.

但那样做会非常尴尬，而且令人怀疑。

Gregor war in der gesamten Zeit, die er dort arbeitete, nie krank gewesen.

格雷戈尔在那里工作期间从未生过病。

Und er hatte ihnen bereits fünf Jahre Dienst geleistet.

他已经为他们服务了五年。

Die Chancen standen gut, dass der Chef vorbeikommen würde, um nach ihm zu sehen.

老板很可能会来查看他的情况。

Er würde wahrscheinlich den Arzt der Krankenversicherung mitbringen.

他可能会带医保医生来。

Und er würde die Eltern für ihren faulen Sohn verantwortlich machen.

他会把儿子的懒惰归咎于父母。

Sie könnten gegen ihn keine Einwände erheben.

他们无法对他提出任何异议。

Denn für ihn gab es nur zwei Arten von Arbeitern.

因为在他看来，工人只有两种。

Entweder waren die Arbeiter kerngesund oder arbeitsscheu.

要么工人身体完全健康，要么他们懒惰成性。

Und läge er mit dieser grundlegenden Analyse überhaupt falsch?

他在这种基本分析上真的会错吗？

In diesem Fall hatte er sicherlich ein starkes Argument.

当然，就此事而言，他的论点很有说服力。

Trotz seines Aussehens fühlte sich Gregor tatsächlich recht wohl.

尽管格里高尔看起来有些憔悴，但他实际上感觉很好。

Der unnötig lange Schlaf hatte ihn etwas schläfrig gemacht.

不必要的长时间睡眠让他有些昏昏欲睡。

Abgesehen davon konnte er sich aber über keine Krankheit beklagen.

但除此之外，他没有其他不适症状。

Er verspürte sogar einen besonders starken und gesunden Hunger.

他甚至感到了一种特别强烈而健康的饥饿感。

Während er diesen Gedanken nachging, schlug die Uhr erneut.

他正想着这些事时，时钟又敲响了。

Laut Alarm war es jetzt Viertel vor sieben.

根据警报声，现在是七点四十五分。

Und nun klopfte es auch leise an der Tür.

这时，门上传来轻轻的敲门声。

„Gregor", rief ihm jemand zu – es war die Mutter.

"格雷戈尔，"有人叫他——是他的母亲。

„Es ist Viertel vor sieben", bestätigte sie den Alarm.

"现在是七点四十五分，"她确认了警报。

"Wolltest du nicht gehen?", fragte die sanfte Stimme.

"你不想离开吗？"温柔的声音问道。

Gregor erschrak, als er seine eigene Stimme antworten hörte.

格里高尔听到自己的声音回答时，吓坏了。

Es war immer noch dieselbe Stimme, die er schon immer hatte.

那声音还是他一直以来的声音。

Doch nun mischte sich ein neuer Klang in seine Stimme.

但他的声音里现在混杂着一种新的声音。

Tief aus seinem Inneren entfuhr ihm auch ein schmerzhafter Schrei.

他内心深处也发出了一声痛苦的呻吟。

Zunächst schien seine Stimme die Worte klar zu formen.

起初，他的声音似乎能清晰地组成词语。

Doch dann hörte Gregor das Echo seiner Stimme in seinem Kopf.

但随后格里高尔听到了他声音的回声。

Die Aufnahme seiner Stimme ist auf seltsame Weise zerbrochen.

他的声音录音出现了奇怪的断断续续的情况。

Und er war sich nicht sicher, ob er richtig gehört hatte.

他不太确定自己是否听得没错。

Gregor verspürte den starken Wunsch, eine ausführliche Antwort zu geben.

格里高尔很想给出详细的答案。

Er wollte seiner Mutter alles genau erklären.

他想把一切都清楚地解释给母亲听。

Doch angesichts der Umstände musste er sich einschränken.

但是，鉴于当时的情况，他不得不克制自己。

Und er antwortete viel kürzer, als er es gern getan hätte.

他的回答比他预想的要简短得多。

"Ja, Mutter, keine Sorge, danke, ich bin schon wach."

"好的，妈妈，别担心，谢谢，我已经起来了。"

Die Holztür trug vermutlich dazu bei, seine Stimme zu dämpfen.

木门可能起到了一定的隔音作用。

Draußen blieb die Veränderung in Gregors Stimme unbemerkt.

外界并没有注意到格里高尔声音的变化。

Die Mutter schien mit seiner Erklärung zufrieden zu sein.

母亲似乎对他的解释感到满意。

Und sie ging genauso leise wieder, wie sie gekommen war.

她像来时一样悄无声息地离开了。

Doch das kurze Gespräch hatte eine unerwünschte Folge.

但这段简短的谈话却产生了意想不到的后果。

Er erregte die Aufmerksamkeit der anderen Familienmitglieder.

他引起了其他家庭成员的注意。

Gregor war noch zu Hause und nicht zur Arbeit gegangen.

格里高尔仍然待在家里，没有去上班。

Und nun klopfte auch der Vater an die Seitentür.

这时，父亲也敲了敲侧门。

Er klopfte schwach, aber entschlossen mit der Faust.

他用拳头轻轻敲了敲，虽然力度不大，但语气坚定。

„Gregor, Gregor", rief er, „was ist das Problem?"

"格里高尔，格里高尔，"他喊道，"出什么事了？"

Nach einer Weile warnte er erneut, diesmal mit tieferer Stimme.

过了一会儿，他用更低沉的声音再次警告道。

Doch nun klopfte die Schwester an die andere Tür.

但现在，妹妹敲响了另一扇门。

"Gregor? Geht es dir nicht gut?", fragte sie leise.

"格雷戈尔？你身体不舒服吗？"她轻声问道。

„Brauchen Sie irgendetwas?", fragte sie besorgt.

她关切地问道："你需要什么吗？"

Gregor antwortete beiden Seiten: „Ich bin schon fertig."

格里高尔对双方都回答说："我已经完成了。"

Er hatte sich größte Mühe gegeben, alle Wörter sorgfältig auszusprechen.

他尽力将每个字都发音清晰。

Und er entfernte alles Auffällige aus seiner Stimme.

他抹去了声音中所有明显的特征。

Auch der Vater schien mit der Antwort zufrieden zu sein.

父亲似乎也对这个答案感到满意。

Und er kehrte zu seinem unvollendeten Frühstück zurück.

于是他又回去继续吃他还没吃完的早餐。

Doch die Schwester flüsterte: „Gregor, mach auf, ich flehe dich an.“

但妹妹低声说："格雷戈尔，开门，求求你。"

Doch ihre Sorge um ihn konnte ihn in keiner Weise bewegen.

但她对他的关心丝毫没能打动他。

Gregor hatte nicht die Absicht, ihr die Tür zu öffnen.

格里高尔根本没打算为她开门。

Durch seine Reisen hatte er sich einige vorsichtige Gewohnheiten angeeignet.

他因旅行而养成了一些谨慎的习惯。

Und er lobte sich selbst dafür, die Türen abgeschlossen zu haben.

他为自己锁好门而沾沾自喜。

Zunächst wollte er in Ruhe und in seinem eigenen Tempo aufstehen.

他一开始只想安静地按照自己的节奏起床。

Und er wollte sich ungestört anziehen.

他不想被打扰，只想穿好衣服。

Nachdem er das geschafft hatte, wollte er frühstücken.

完成这件事后，他想吃早餐。

Erst dann wollte er die Situation weiter überdenken.

直到那时，他才想进一步考虑这个问题。

Er wusste, dass es sinnlos war, im Bett Pläne zu schmieden.

他知道在床上制定计划毫无用处。

Zu einem vernünftigen Schluss zu gelangen, wäre unmöglich.

得出合理的结论是不可能的。

Es gab schon andere Male, da war er mit leichten Schmerzen aufgewacht.

他以前也曾有过几次醒来时感到轻微疼痛的情况。

Diese Schmerzen erwiesen sich stets als reine Einbildung.

这些痛苦最终都被证明只是想象出来的。

Beim Aufstehen verschwanden die Schmerzen ausnahmslos.

起床后，疼痛通常会消失。

Er war neugierig, was mit diesen Ideen geschehen würde.

他很好奇这些想法最终会如何发展。

Die Veränderung seiner Stimme war wahrscheinlich nur auf eine Erkältung zurückzuführen.

他声音变声可能是感冒引起的。

Erkältungen sind für Reisende einfach ein Berufsrisiko.

感冒对旅行者来说只是职业病而已。

Er hatte keinen Zweifel daran, dass dies die logische Erklärung war.

他毫不怀疑这就是合乎逻辑的解释。

Es gelang ihm mühelos, die Decke von sich zu streifen.

他轻而易举地就把毯子从身上拿开了。

Er musste nur einatmen und sich aufblasen.

他只需要吸气，让自己膨胀起来。

Die Decke rutschte von seinem Körper und landete auf dem Boden.

毯子从他身上滑落，掉在了地板上。

Sein unglaublich breiter Körperbau erschwerte auch andere Dinge.

他极其宽阔的身躯给其他事情带来了困难。

Er hätte Arme und Hände gebraucht, um aufzustehen.

他需要手臂和双手才能站起来。

Aber er hatte nicht mehr die Gliedmaßen, die er früher gehabt hatte.

但他已经失去了以前那样的四肢。

Anstelle von Armen und Händen hatte er viele kleine Beine.

他没有胳膊和手，却长着许多小腿。

Und seine Beine bewegten sich ständig, ohne dass er es kontrollieren konnte.

他的双腿不受控制地不停地动。

Er versuchte, ein Bein zu beugen, aber stattdessen streckte es sich.

他试图弯曲一条腿，结果腿却伸直了。

Schließlich gelang es ihm, ein Bein unter seine Kontrolle zu bringen.

他终于控制住了一条腿。

Doch dann wurde die Bewegung der anderen Beine freigegeben.

但随后另一条腿的动作也停止了。

Und seine Beine zuckten vor lauter Aufregung.

他兴奋得双腿都抽搐起来。

Zuerst wollte er seinen Unterkörper aus dem Bett bekommen.

他首先想把下半身从床上挪下来。

Seinen Unterkörper hatte er aber noch nicht gesehen.

但他其实还没有看到自己的下半身。

Und es erwies sich ohnehin als zu schwierig, diesen Teil zu versetzen.

而且事实证明，移动这部分实在太困难了。

Schließlich wagte er mit all seiner Kraft einen waghalsigen Schritt.

最后，他用尽全力，做出了一个大胆的举动。

Ohne weiter zu zögern, trat er vorwärts.

他不再犹豫，向前迈了一步。

Doch er hatte die falsche Richtung eingeschlagen.

但他选错了前进的方向。

Er schlug mit voller Wucht mit dem Körper gegen den unteren Bettpfosten.

他猛地用身体撞击床柱下方。

Der brennende Schmerz, den er empfand, lehrte ihn eine wertvolle Lektion.

他所感受到的灼痛教会了他一个宝贵的教训。

Sein Unterkörper war vielleicht empfindlicher.

他身体的下半部分可能更敏感。

Also versuchte er zuerst, seinen Oberkörper aus dem Bett zu bekommen.

所以他先试着把上半身从床上抬起来。

Er drehte seinen Kopf vorsichtig in die richtige Richtung.

他小心翼翼地把头转向正确的方向。

Und schon bald lag sein Kopf am Bettrand.

很快，他的头就朝向了床边。

Diese vorsichtige Vorgehensweise fiel ihm tatsächlich leicht.

这种谨慎的举动对他来说其实很容易。

Und weder seine Breite noch sein Gewicht hinderten ihn an seinen Bewegungen.

他的体型和体重并没有阻止他的移动。

Die Masse seines Körpers folgte langsam der Drehung des Kopfes.

他的身体重心缓缓地随着头部转动而移动。

Doch dann streckte er den Kopf über die Bettkante.

但他随后将头伸出床边。

Und er sah sich einer neuen Angst gegenüber, über die er noch nicht nachgedacht hatte.

他还面临着一种他之前从未想过的恐惧。

Ein weiteres Vorgehen in dieser Richtung könnte gefährlich sein.

继续这样下去可能会很危险。

Er hatte gedacht, er würde sich einfach fallen lassen.

他原本以为自己会就此坠落。

Es wäre aber ein Wunder, wenn er sich dabei nicht am Kopf verletzen würde.

但如果他没伤到头部，那简直就是个奇迹。

Jetzt war nicht der richtige Zeitpunkt, um ein Bewusstseinsverlustrisiko einzugehen.

现在绝不是冒着失去意识的风险的时候。

Vielleicht wäre es doch besser, im Bett zu bleiben.

或许待在床上才是最好的选择。

Doch dann musste er denselben Aufwand betreiben, um zurückzukehren.

但之后他又不得不付出同样的努力才能回去。

Nach all der Mühe lag er da, genau wie zuvor.

费了九牛二虎之力，他最终还是像之前一样躺在那里。

Und nun schienen seine Beine noch wütender zu sein als zuvor.

现在他的双腿似乎比之前更加愤怒了。

Die Bewegungen seiner Beine waren noch unkontrollierbarer geworden.

他的腿的动作变得更加无法控制了。

Er sah keinen Ausweg aus seiner Situation.

他觉得自己根本无法摆脱目前的困境。

Aus diesem Chaos konnte kein Frieden und keine Ordnung hergestellt werden.

这场混乱无法带来和平与秩序。

Aber er wusste, dass auch im Bett zu bleiben keine Option war.

但他知道，待在床上也不是个办法。

Alles zu opfern war die vernünftigste Option.

牺牲一切是最明智的选择。

Er klammerte sich an den kleinsten Hoffnungsschimmer, jemals wieder aufstehen zu können.

他仍然抱有一丝希望，希望能起床。

Wenn ihm das gelingt, hat sich das ganze Risiko gelohnt.

如果他成功了，那么所有的风险都将是值得的。

Doch gleichzeitig erinnerte er sich auch an etwas anderes.

但与此同时，他也想起了另一件事。

„Besser als verzweifelte Entscheidungen sind ruhige Überlegungen.“

冷静思考胜过仓促做决定。

Mit aller Kraft konzentrierte er seinen Blick auf das Fenster.

他竭尽全力将目光集中在窗外。

Doch was er sah, stimmte ihn wenig zuversichtlich und erfreute ihn nicht.

但他所看到的景象并没有给他带来多少信心和喜悦。

Der Morgennebel hüllte die gesamte enge Straße ein.

晨雾笼罩着整条狭窄的街道。

Der Wecker klingelte erneut; es war nun sieben Uhr.

闹钟又响了；现在是七点钟。

„Es ist bereits sieben Uhr und es ist immer noch so neblig.“

"现在已经七点了，雾还是这么大。"

Eine Zeitlang lag er still da und atmete nur schwach.

他静静地躺了一会儿，呼吸微弱。

Vielleicht würde etwas Ruhe eine gewisse Normalität herbeiführen.

或许平静下来能带来一些正常感。

Völliges Schweigen könnte die wahren Zustände herbeiführen.

完全的沉默可能会揭示出真实的情况。

Doch bevor die Uhr erneut schlug, durchbrach er das
Schweigen.

但就在时钟再次敲响之前，他打破了沉默。

Bevor die Uhr wieder schlägt, muss ich aus dem Bett sein.

"在时钟再次敲响之前，我必须起床。"

„Ich muss bis dahin unbedingt komplett aus dem Bett sein."

"到那时我必须完全起床。"

„Nach Viertel nach sieben schickt das Büro jemanden."

"七点一刻以后，办公室会派人过来。"

„Weil das Büro vor sieben Uhr öffnete."

因为办公室七点前就开门了。

Und nun begann er, seinen Körper aus dem Bett zu
schaukeln.

然后他开始摇晃身体，从床上滚了下来。

Er hatte aufgehört, sich auf seinen Ober- oder Unterkörper
zu konzentrieren.

他已经不再专注于锻炼自己的上半身或下半身。

Sein ganzer Körper musste aus dem Bett herausragen.

他的整个身体都离开了床面。

Bei einem Sturz in diese Richtung sollte sein Kopf geschützt
sein, dachte er.

他心想，这样摔下去应该能保护头部。

Er hatte geplant, den Kopf zu heben, sobald er auf dem
Boden aufschlug.

他原本计划在落地时抬起头。

Sein Rücken schien hart genug für den Aufprall zu sein.

他的背部肌肉似乎很硬，足以承受冲击。

Und der Teppich diente dazu, die Landung abzufedern.

地毯的作用是缓冲落地时的冲击力。

Seine größte Sorge galt jedoch dem Lärm.

然而，他最担心的是巨大的噪音。

Das krachende Geräusch würde alle im Haus erschrecken.

那声巨响会吓到屋里的所有人。

Vielleicht hätten sie keine Angst vor dem lauten Lärm.

或许他们不会被巨大的噪音吓到。

Aber sie wären mit Sicherheit besorgt, wenn sie davon hörten.

但如果他们听到这个消息，肯定会感到担忧。

Man musste aber das Risiko eingehen, Aufmerksamkeit zu erregen.

但必须承担引起关注的风险。

Die neue Methode war eher ein Spiel als eine Anstrengung.

这种新方法与其说是一种努力，不如说更像是一场游戏。

Er musste seinen Körper in plötzlichen und ruckartigen Bewegungen hin und her wiegen.

他不得不以突然而剧烈的动作摇晃身体。

Gregor war schon halb aus dem Bett aufgestanden.

格里高尔已经半个身子下了床。

Nun kam ihm gerade ein neuer Gedanke.

他突然想到一个新主意。

„Es wäre alles so einfach, wenn mir jemand zu Hilfe käme.“

"如果有人能帮我，一切都会变得简单得多。"

„Zwei kräftige Personen würden völlig ausreichen.“

"两个身强力壮的人就完全足够了。"

Sein Vater und das Dienstmädchen wären stark genug.

他的父亲和女佣应该足够强壮。

Sie müssten nur ihre Arme unter seinen Rücken schieben.

他们只需要把胳膊伸到他背下就行了。

Und dann könnten sie ihn ganz leicht aus dem Bett ziehen.

然后他们就能轻易地把他从床上拖下来。

Vielleicht hätten sie sein Gewicht langsam reduzieren müssen.

或许他们得慢慢地帮他减轻体重。

Hoffentlich hätten die Beine dann ihren Zweck gefunden.

希望到那时，这些腿就能找到它们的用途了。

Wäre es nicht letztendlich besser, um Hilfe zu rufen?

"难道寻求帮助不是更好吗？"

Das Problem war natürlich, dass er die Türen abgeschlossen hatte.

问题当然在于他把门锁上了。

Irgendwie hatte der Gedanke etwas, das ihn amüsierte.

这个想法让他觉得有点痒痒的。

Und trotz seiner Notlage konnte er sich ein Lächeln nicht verkneifen.

尽管他身处困境，却还是忍不住露出笑容。

Er war schon kurz davor, das Gleichgewicht zu verlieren.

他当时已经快要失去平衡了。

Mit jedem Schwung kam er dem Umkippen vom Bett näher.

每一次摇摆都让他离从床上摔下去更近一步。

Bald musste er die endgültige Entscheidung treffen.

他很快就要做出最终决定了。

In fünf Minuten würde es Viertel nach sieben sein.

再过五分钟就七点一刻了。

Während er diesen Gedanken nachging, klingelte es an der Tür.

他正想着这些事情时，门铃响了。

„Das ist jemand aus dem Büro", sagte er zu sich selbst.

"那是办公室里的人，"他自言自语道。

Und er erstarrte fast vor Angst angesichts des Besuchers.

访客的出现让他几乎吓得动弹不得。

Seine Beine tanzten noch wilder als zuvor.

他的双腿比之前跳得更加剧烈了。

Doch dann herrschte einen Moment lang Stille.

但随后，一切都安静了下来。

„Sie werden die Tür nicht öffnen", sagte Gregor zu sich selbst.

"他们不会开门的，"格里高尔自言自语道。

Er war noch immer einer sinnlosen Hoffnung verfallen.

他仍然抱有某种毫无意义的希望。

Doch dann ging das Dienstmädchen natürlich zur Tür.

当然，随后女佣就走到了门口。

Und wie immer öffnete sie dem Besucher die Tür.

她像往常一样为访客打开了门。

Gregor brauchte nur die erste Begrüßung des Besuchers zu hören.

格里高尔只需要听到访客的第一句问候。

Er konnte sofort erkennen, wer ihn gesucht hatte.

他一眼就认出是谁来救他的。

Der Hauptschreiber selbst war gekommen, um nach Samsa zu sehen.

首席书记亲自前来查看萨姆萨的情况。

Warum war Gregor der Einzige, der zu diesem Schicksal verurteilt wurde?

为什么只有格里高尔遭受这种命运？

Warum musste ausgerechnet er in einer solchen Organisation dienen?

为什么只有他一个人要在这样的组织里任职？

Das geringste Versehen weckte sofort Misstrauen.

哪怕是最轻微的疏忽都会立即引起怀疑。

Waren alle Angestellten, die dort arbeiteten, Schurken?

那里的所有员工都是无赖吗？

Gab es denn keinen treuen und ergebenen Menschen unter ihnen?

他们当中难道就没有一个忠诚专一的人吗？

Hätten sie nicht einfach einen Lehrling schicken können?

他们难道不能派个学徒过去吗？

War diese ganze Infragestellung überhaupt notwendig?

这些问题真的有必要吗？

Musste der Bevollmächtigte persönlich erscheinen?

授权代表必须亲自到场吗？

Musste wirklich die gesamte unschuldige Familie informiert werden?

难道非得通知所有无辜的家庭成员吗？

All diese Überlegungen veranlassten Gregor zum Handeln.

所有这些因素促使格里高尔采取了行动。

Er schwang sich mit aller Kraft aus dem Bett.

他用尽全力从床上跳了起来。

Es gab einen lauten Knall, aber es war eigentlich kein richtiges Geräusch.

一声巨响，但那并不是真正的噪音。

Der Fall wurde durch den Teppich etwas abgemildert.

地毯稍微缓冲了摔落时的冲击力。

Sein Rücken war elastischer, als Gregor angenommen hatte.

他的背部比格里高尔想象的更有弹性。

Der Klang war also dumpfer und nicht so auffällig.

所以声音比较沉闷，不太容易被注意到。

Doch er hatte seinen Kopf während des Sturzes nicht geschützt.

但他摔倒时没有保护好头部。

Und als er auf den Boden aufschlug, schlug er auch mit dem Kopf auf.

他摔倒在地时，头部也撞到了地面。

Er rieb sich vor Wut und Schmerz den Kopf am Teppich.

他愤怒又痛苦地用头蹭着地毯。

Der Manager im Nachbarzimmer hörte jedoch den Lärm.

但隔壁房间的经理听到了动静。

„Da ist etwas hineingefallen", stellte er richtig fest.

"有东西掉进去了，"他正确地指出。

Gregor versuchte, sich den Manager in seine Lage zu versetzen.

格雷戈尔试着想象经理在他这种情况下会是什么感受。

„Könnte ihm dasselbe passieren?", fragte er sich.

"同样的事情会不会也发生在他身上呢？"他心想。

Er akzeptierte, dass dieses seltsame Ereignis möglich sein könnte.

他接受了这种奇怪事件有可能发生的事实。

Und dann ging der Hauptsekretär ein paar Schritte in den Raum.

然后，首席办事员朝房间走了几步。

Es war fast schon eine plumpe Antwort auf seine Frage.

这几乎是对所提问题的粗略回答。

Seine Lederstiefel knarrten, als er sich der Tür näherte.

他走近门口时，皮靴发出吱嘎声。

Aus dem Zimmer zu seiner Rechten flüsterte ihm seine Magd zu.

他右边房间里的女仆低声对他说着什么。

„Gregor, der Bevollmächtigte, ist hier."

"授权代表格雷戈尔在这里。"

„Ich weiß", sagte Gregor, aber nur leise zu sich selbst.

"我知道，"格里高尔低声自语道。

Er wagte es nicht, seine Stimme lauter als ein Flüstern zu erheben.

他不敢提高音量，只能低声说话。

Weil Gregor nicht wollte, dass seine Schwester ihn hörte.

因为格里高尔不想让他的妹妹听到他的话。

„Gregor", sagte der Vater aus dem Zimmer links.

"格雷戈尔，"左边房间里的父亲说道。

Der Manager ist gekommen, um nach dem Rechten zu sehen.

"经理已经过来看看出了什么问题。"

„Er fragte, warum du nicht den frühen Zug genommen hast."

他问你为什么不搭早班火车离开。

„Wir wissen nicht, was wir ihm sagen sollen", sagte der Vater.

"我们不知道该对他说些什么，"父亲说道。

„Übrigens möchte er auch persönlich mit Ihnen sprechen."

"对了，他还想和你单独谈谈。"

„Bitte öffnen Sie die Tür, damit er mit Ihnen sprechen kann."

请开门，让他和你谈谈。

„Er wird so freundlich sein, das Chaos im Zimmer zu entschuldigen."

"他会好心原谅房间里的凌乱。"

"Guten Morgen, Herr Samsa", rief ihm der Manager zu.

"早上好，萨姆萨先生，"经理向他喊道。

Und er sprach ganz gewiss in freundlicher Weise mit ihm.

而且他确实以友好的方式与他交谈。

„Es geht ihm nicht gut", sagte die Mutter zum Manager.

"他身体不舒服，"母亲对经理说。

„Es geht ihm überhaupt nicht gut, glauben Sie mir, lieber Manager."

"他身体很不好，相信我，亲爱的经理。"

"Warum sonst sollte Gregor den Morgenzug verpassen?"

"不然格里高尔为什么会错过早班火车呢？"

„Der Junge hat nichts anderes im Kopf als das Geschäft."

"这孩子满脑子想的都是生意。"

„Es ärgert mich fast, dass er nichts anderes tut."

"他除了这个什么都不做，这让我几乎有点恼火。"

„Ich wünschte, er würde abends an die frische Luft gehen."

"我希望他晚上能出去呼吸一下新鲜空气。"

„Er war acht Tage geschäftlich in der Stadt."

"他因公事在城里待了八天。"

„Aber er war ja jeden dieser Abende zu Hause."

但那几个晚上他都在家。

„Er sitzt an unserem Tisch und liest die Zeitung.“

"他坐在我们桌旁看报纸。"

„Manchmal studiert er auch die Fahrpläne der Züge.“

"其他时候，他会研究列车时刻表。"

„Manchmal beschäftigt er sich mit Tischlerarbeiten.“

"他有时也会做些木工活来打发时间。"

„Zum Beispiel schnitzte er einen kleinen Bilderrahmen aus Holz.“

"例如，他雕刻了一个小木相框。"

„An zwei oder drei Abenden war er mit der Säge beschäftigt.“

"他连续两三个晚上都在忙着锯木头。"

„Sie werden staunen, wie hübsch der Bilderrahmen ist.“

"你会惊叹于这个相框的精美程度。"

„Er hat den Bilderrahmen in seinem Zimmer aufgehängt.“

他把相框挂在了房间里。

„Wenn er die Tür öffnet, werden Sie seine Holzarbeiten sehen.“

"他打开门后，你就会看到他的木工手艺。"

„Übrigens freut es mich, dass Sie hier sind, Herr Prokurist.“

"顺便说一句，我很高兴您能来，普罗库里斯特先生。"

„Wir allein hätten Gregor nicht dazu bringen können, die Tür zu öffnen.“

"仅凭我们自身的力量，不可能让格里高尔打开门。"

„Er ist so stur“, gestand seine Mutter dem Angestellten.

"他真是太固执了，"他母亲向店员坦白道。

„Er ist ganz sicher krank, obwohl er das vorher bestritten hat.“

"他确实身体不舒服，尽管他之前否认过。"

„Ich komme gleich“, sagte Gregor langsam und bedächtig.

"我马上就来，"格里高尔缓慢而谨慎地说。

Doch er machte keine Anstalten, sich der Tür des Zimmers zuzuwenden.

但他并没有朝房间门口走去。

Er wollte kein Wort des Gesprächs verpassen.

他不想漏掉谈话中的一个字。

Der Hauptsekretär stimmte der Einschätzung der Mutter zu.

首席书记员同意母亲的评估。

"Ich kann es Ihnen auch nicht anders erklären, Madam."

“我也没办法用其他方式解释，夫人。”

„Hoffen wir alle, dass er keine schwere Krankheit hat", sagte er.

“让我们都希望他没有患上重病，”他说。

„Andererseits stellt es eine Gefahr in unserer Branche dar."

“另一方面，这对我们行业来说是一个隐患。”

„Wir Geschäftsleute müssen oft Unannehmlichkeiten überwinden."

“我们做生意的人常常需要克服不适感。”

„Profis müssen leichte Schmerzen einfach aushalten."

“专业人士只需要忍受一些小痛苦。”

Währenddessen klopfte sein Vater erneut an die andere Tür.

与此同时，他父亲又敲响了另一扇门。

„Kann der Hauptsekretär jetzt hereinkommen?", wollte er wissen.

“总书记现在可以进来吗？”他问道。

"Nein, das kann er nicht", antwortete Gregor auf die Frage seines Vaters.

“不，他不能，”格里高尔回答他父亲的问题。

Im Raum links von uns herrschte betretenes Schweigen.

左侧房间里陷入了尴尬的沉默。

Im Zimmer rechts begann die Schwester zu schluchzen.

右边的房间里，妹妹开始啜泣。

Warum war die Schwester nicht zu den anderen gegangen?

为什么姐姐没有和其他人一起去？

Sie war wahrscheinlich gerade erst aufgestanden, dachte er.

他心想，她大概刚起床吧。

Vielleicht hatte sie noch gar nicht angefangen, sich anzuziehen.

她可能还没开始穿衣服呢。

Gregor aber verstand nicht, warum sie weinte.

但格里高尔不明白她为什么哭泣。

Lag es daran, dass er nicht aufgestanden war und den Manager hereingelassen hatte?

是因为他没有起身让经理进来吗？

Lag es daran, dass er Gefahr lief, seinen Job zu verlieren?

是因为他面临失业的危险吗？

Könnte der Chef wie früher gegen die Eltern vorgehen?

老板会不会像以前那样找家长麻烦？

Würde er seine alten Forderungen an sie wiederholen?

他是不是又要像以前那样对他们提出要求了？

Diese Dinge waren wahrscheinlich unnötig.

这些事情或许根本不必担心。

Im Moment hatte sie keinen Grund zu weinen.

她目前没有任何理由哭泣。

Gregor war noch da und sorgte für seine Familie.

格雷戈尔还留在家里，养家糊口。

Und er hatte nie die Absicht, die Familie zu verlassen.

他从未想过要离开这个家。

Im Moment lag er einfach nur da auf dem Teppich.

他暂时就那样躺在地毯上。

Die Familie wusste nichts von seinem Zustand.

家人并不知道他的病情。

Hätten sie das gewusst, hätten sie seinen Chef nicht ermutigt.

如果他们知道真相，就不会鼓励他的老板了。

Sie hätten nicht einmal den Manager ins Haus gelassen.

他们甚至都不让经理进屋。

Ihn abzuweisen wäre nicht besonders unhöflich gewesen.

拒绝他并不算是特别失礼。

Er hätte später problemlos eine passende Ausrede finden können.

他之后很容易就能找到合适的借口。

Dafür hätte er nicht entlassen werden können.

他不应该因此被解雇。

Gregor war der Ansicht, dass es jetzt vernünftiger wäre, allein gelassen zu werden.

格里高尔觉得现在独自一人待着更明智。

Ihn durch Weinen und Reden zu stören, brachte wenig.

哭闹和说话打扰他并没有什么效果。

Doch die anderen beunruhigte die Ungewissheit.

但真正困扰其他人的是这种不确定性。

Und genau diese Unsicherheit entschuldigte ihr Verhalten.

正是这种不确定性为他们的行为提供了借口。

„Herr Samsa!", rief der Manager mit erhobener Stimme.

"萨姆萨先生！"经理提高嗓门喊道。

„Was ist los mit dir?", wollte er wissen.

"你怎么了？"他想知道。

„Du hast dich in deinem Zimmer verbarrikadiert."

"你把自己反锁在房间里了。"

„Sie antworten nur mit ‚Ja' oder ‚Nein'."

你只能回答"是"或"否"。

„Du bereitest deinen Eltern große Sorgen."

你让父母非常担心。

„Ich sehe keinen guten Grund, warum Sie sie beunruhigen sollten."

„我看不出你有什么理由让他们担心。"

„Es gibt da noch eine Sache, die ich nebenbei erwähnen möchte."

"还有一件事我想顺便提一下。"

„Sie vernachlässigen auch Ihre geschäftlichen Pflichten uns gegenüber."

"你们也疏忽了对本公司应尽的业务义务。"

„Eine solche Verantwortungslosigkeit entspricht so gar nicht Ihrem Charakter."

"这种不负责任的行为完全不像你的性格。"

„Ich spreche hier im Namen Ihrer Eltern und Ihres Chefs."

"我代表你的父母和你的老板发言。"

„Und ich bitte Sie um eine sofortige und klare Erklärung."

"我要求你立即给出明确的解释。"

„Das Ganze erstaunt mich wirklich, das muss ich sagen."

"说实话，整件事真的让我感到惊讶。"

„Ich dachte, ich kenne dich als ruhigen und vernünftigen Menschen."

"我以为我认识的你是一个冷静理智的人。"

„Aber jetzt zeigst du uns eine andere Seite von dir."

"但现在你展现了你截然不同的一面。"

„Plötzlich zeigst du deine ganz eigenen Launen."

"你突然表现出你那些非常古怪的怪癖。"

„Aber es könnte eine Erklärung für Ihr Scheitern geben."

"但你的失败或许有其原因。"

„Der Chef erwähnte eine Forderung, die Sie für uns eingetrieben hatten."

"老板提到了你之前帮我们收回的一笔债务。"

"Ich habe dem Chef in Ihrem Namen mein Ehrenwort gegeben."

"我以你的名义向老板保证。"

„Aber jetzt sehe ich deine unverständliche Sturheit."

"但我现在明白了你那令人费解的固执。"

"Vielleicht verliere ich auch noch jegliche Lust, dir
überhaupt zu helfen."

"我可能最终会完全失去帮助你的意愿。"

„Ihre Arbeitsplatzsicherheit ist keineswegs völlig stabil.“

"你的工作保障远非完全稳定。"

„Eigentlich wollte ich euch das alles unter vier Augen
erzählen.“

我原本打算私下告诉你这一切。

„Aber jetzt sehe ich, dass Sie wollen, dass ich hier meine
Zeit verschwende.“

"但我现在明白了，你是想让我在这里浪费时间。"

„Ich sehe also keinen Grund, warum deine Eltern das nicht
wissen sollten.“

"所以我看不出你父母有什么理由不应该知道。"

„Ihre Leistungen in letzter Zeit waren nicht
zufriedenstellend.“

"你最近的表现并不令人满意。"

„Ich räume ein, dass die Verkäufe zu dieser Jahreszeit
langsamer laufen.“

"我承认每年的这个时候销售额都会下降。"

„Aber es gibt keine Jahreszeit, in der es keine Verkäufe
gibt.“

"但一年中任何时候都没有不销售的时候。"

Für einen Moment vergaß Gregor alles um sich herum.

格里高尔一时忘记了周围的一切。

„Aber Herr Prokurist!“, rief Gregor verzweifelt aus.

"可是普罗库里斯特先生，"格里高尔绝望地喊道。

"Ich öffne die Tür sofort, jetzt gleich, keine Sorge."

"我马上就去开门，别担心。"

„Das Problem ist, dass ich mich ziemlich unwohl fühle.“

"问题是我一直感觉身体很不舒服。"

„Mir war schwindelig, deshalb konnte ich die Tür nicht erreichen."

"我头晕目眩，没能走到门口。"

„Ich liege zwar noch im Bett, aber es geht mir schon viel besser."

"我还在床上躺着，但感觉好多了。"

"Einen Moment bitte, ich stehe gerade erst auf."

"请稍等片刻，我刚起床。"

"Einen Moment Geduld, Herr Prokurist, ist alles, worum ich bitte."

"我只请求您稍等片刻，普罗库里斯特先生。"

„Es läuft nicht so gut, wie ich dachte, aber ich werde es schon schaffen."

"情况没有我想象的那么顺利，但我会没事的。"

"Wie kann so etwas einem Menschen so schnell passieren?"

"这种事怎么会这么快就发生在一个人身上呢？"

„Mir ging es gestern Abend gut, das wissen meine Eltern."

"我昨晚感觉很好，我父母知道。"

„Aber vielleicht hatte ich damals schon eine kleine Vorahnung."

"但也许那时我已经有了些许预感。"

„Man könnte sich fragen, warum ich es nicht im Büro gemeldet habe."

"你可能会问我为什么没有向办公室报告这件事。"

„Ich dachte, ich würde mich morgen früh wieder viel besser fühlen."

"我以为早上起来就会感觉好多了。"

„Man denkt immer, dass sie die Krankheit bis dahin besiegt haben werden."

"人们总是觉得到那时他们就能战胜疾病了。"

„Aber bitte! Verschonen Sie meine Eltern vor diesen Anschuldigungen!"

"但是求求你们！放过我的父母吧！"

„Mir wurde kein Wort von dem erzählt, was Sie mir erzählt haben."

"你跟我说的话，我一个字都没听到。"

„Sie haben möglicherweise die letzten von mir versandten Befehle nicht gelesen."

"你可能没有阅读我最后发出的指令。"

„Übrigens, du brauchst dir heute keine Sorgen um mich zu machen."

"对了，你今天不用担心我。"

„Ich werde trotzdem den Zug um acht Uhr nehmen."

"我还是会搭乘八点钟的火车。"

„Die wenigen Stunden Ruhe haben mich ausreichend gestärkt."

"这几个小时的休息已经让我恢复了体力。"

"Sie müssen wirklich nicht warten, Manager."

"经理，您真的不必等了。"

„Auch ich werde schon bald im Büro sein."

"我也很快会到办公室来。"

"Und bitte seien Sie so freundlich, ein gutes Wort für mich einzulegen."

"请您务必帮我说几句好话。"

Gregor hatte seine Erklärung recht hastig vorgetragen.

格里高尔很匆忙地解释了一番。

Er wusste selbst kaum, was er eigentlich sagen wollte.

他几乎不知道自己到底想表达什么。

Er ging zu der Kiste und versuchte, sich daran hochzuziehen.

他走到箱子跟前，试图借力站起来。

Er hatte wirklich die feste Absicht, die Tür zu öffnen.

他原本确实打算开门的。

Er wollte vom Bevollmächtigten empfangen werden.

他想见授权代表。

Und er wollte das Problem persönlich mit ihm lösen.

他想亲自和他一起解决这个问题。

Er war gespannt darauf, wie die anderen auf ihn reagieren würden.

他很想知道其他人会如何看待他。

Sie sind bestimmt inzwischen auch gespannt darauf, wie es ihm geht.

他们现在肯定也很想知道他的情况如何。

Es gab zwei mögliche Arten, wie sie auf ihn reagieren konnten.

他们可能会对他有两种反应。

Eine Möglichkeit war, dass sie Angst bekommen würden.

一种可能性是他们会感到害怕。

Wenn sie Angst hatten, dann trug er keine Verantwortung.

如果他们感到害怕，那他就没有责任。

Und dann müsste er sich keine Sorgen mehr um die Situation machen.

这样他就不用担心这种情况了。

Es gab aber auch noch eine andere Möglichkeit, die man in Betracht ziehen musste.

但还有另一种可能性需要考虑。

Vielleicht würden sie ihn so, wie er war, einfach hinnehmen.

或许他们会平静地接受他本来的样子。

Dann hätte auch Gregor keinen Grund, sich aufzuregen.

这样一来，格里高尔也就没有理由生气了。

Es bliebe noch genügend Zeit, den Zug zu erreichen.

时间还来得及赶上火车。

Das Aufrechtstehen war jedoch alles andere als einfach.

然而，保持站立绝非易事。

Bei seinen ersten Versuchen rutschte er von der Kiste ab.

最初几次尝试，他都从箱子上滑了下来。

Die Kiste war zu glatt, als dass er sich dagegen stemmen konnte.

箱子表面太光滑了，他根本无法靠着它站立。

Und schließlich gab er sich noch einen letzten Anstoß, um aufzustehen.

最后，他使出最后一力，站了起来。

Er schenkte den Schmerzen in seinem Bauch keine Beachtung mehr.

他不再理会腹部的疼痛。

Egal wie groß der Schmerz sein würde, er würde es durchstehen.

无论多么痛苦，他都能挺过去。

Er ließ sich gegen die Lehne eines nahegelegenen Stuhls fallen.

他任由自己倒在附近一把椅子的椅背上。

Und er hielt sich mit seinen kleinen Beinchen am Rand fest.

他用小腿抓住了边缘。

Zu diesem Zeitpunkt hatte er sich besser im Griff.

此时他已经更好地控制了自己的情绪。

Und sein Fall war stiller als der vorherige.

他的倒台比前一次更加悄无声息。

Weil er dem Manager zuhören musste.

因为他必须听经理的话。

„Habt ihr irgendetwas davon verstanden?", fragte er die Eltern.

"你们听懂了吗？"他问这对父母。

"Er würde uns doch nicht zum Narren halten, oder?"

他不会愚弄我们吧？

„Um Gottes Willen!", rief die Mutter und weinte bereits.

"看在上帝的份上！"母亲哭着喊道。

„Er könnte schwer krank sein und wir quälen ihn."

"他可能身患重病，而我们却在折磨他。"

"Grete! Grete!", schrie sie ihrer Tochter zu.

"格蕾特！格蕾特！"她对着女儿大喊。

„Mutter?", rief die Schwester von der anderen Seite.

"妈妈？"妹妹从另一边喊道。

Dann kommunizierten sie durch Gregors Zimmer.

然后他们通过格里高尔的房间进行交流。

„Gregor ist sehr krank und braucht Medikamente."

"格雷戈尔病得很重，他需要吃药。"

„Sie müssen sofort zum Arzt gehen."

你必须立刻去看医生。

Hast du gehört, wie Gregor eben gesprochen hat?

你刚才听到格里高尔说话的方式了吗？

„Das war die Stimme eines Tieres", sagte der Manager.

"那是动物的声音，"经理说。

Seine Worte waren leise im Vergleich zu den Schreien der Mutter.

与母亲的尖叫声相比，他的话语显得轻柔。

"Anna! Anna!", rief der Vater durch das Vorzimmer.

"安娜！安娜！"父亲从前厅喊道。

Und er klatschte in die Hände, um ihre Aufmerksamkeit zu erregen.

他拍手吸引他们的注意力。

"Holt sofort einen Schlüsseldienst!", befahl er dem Dienstmädchen.

"立刻找个锁匠来！"他命令女佣。

Die Mädchen rannten in ihren Röcken durch das Vorzimmer.

女孩们穿着裙子，跑过前厅。

Und ihre Röcke raschelten, als sie an seinem Zimmer vorbeiliefen.

她们跑过他的房间时，裙摆沙沙作响。

„Wie konnte sich die Schwester so schnell anziehen?",
dachte er.

他心想：“妹妹怎么穿得这么快？”

Die Tür war aufgerissen, aber nicht zugeschlagen.

门被硬生生地扯开了，但并没有砰地一声关上。

Dies kommt häufig in Haushalten vor, in denen ein großes Unglück geschieht.

这种情况在遭遇重大不幸的家庭中很常见。

All das hatte Gregor jedoch deutlich ruhiger gemacht.

但这一切让格里高尔平静了许多。

Als er seine eigenen Worte hörte, erschienen sie ihm klar.

当他听到自己说过的话时，他觉得那些话很清晰。

Tatsächlich war er der Ansicht, seine Worte seien eigentlich klarer gewesen.

事实上，他觉得自己的话表达得更清楚了。

Die anderen aber verstanden nicht mehr, was er sagte.

但其他人已经听不懂他在说什么了。

Vielleicht hatte er sich inzwischen an seine Ohren gewöhnt.

或许他现在已经习惯了自己的耳朵。

Aber zumindest verstanden sie seine Situation jetzt besser.

但至少他们现在更了解他的处境了。

Sie erkannten, dass mit ihm tatsächlich etwas nicht stimmte.

他们意识到他确实有些不对劲。

Und sie taten nun alles, was sie konnten, um ihm zu helfen.

他们现在正竭尽所能地帮助他。

Dies gab Gregor ein Gefühl des Selbstvertrauens, das ihm gefehlt hatte.

这让格里高尔感到了一种他一直缺乏的自信。

Und er fühlte sich in der Familie wieder viel sicherer.

他再次感到在家里更有安全感了。

Er hatte das Gefühl, wieder in den menschlichen Kreis aufgenommen zu sein.

他感觉自己再次融入了人类社会。

Nun musste er hoffen, dass der Schlüsseldienst die Tür öffnen konnte.

现在他只能寄希望于锁匠能打开这扇门了。

Und er hoffte, der Arzt könne solche Aufgaben ausführen.

他希望医生能够完成这些任务。

Er würde bald wieder mehr reden müssen.

他很快又要开始讲话了。

Seine Stimme musste so klar wie möglich sein.

他的声音必须尽可能清晰。

Zur Vorbereitung auf das Treffen räusperte er sich.

为了准备会议，他清了清嗓子。

Er bemühte sich jedoch, nur sehr leise zu husten.

然而，他尽力将咳嗽声调得很轻。

Das Geräusch klang möglicherweise anders als ein menschlicher Husten.

这种声音听起来可能与人类的咳嗽声不同。

Er wusste, dass er solche Dinge nicht mehr unterscheiden konnte.

他知道自己已经无法区分这些事情了。

Im Nebenzimmer war es vollkommen still geworden.

隔壁房间一片寂静。

Die Eltern saßen wahrscheinlich am Tisch.

父母当时可能正坐在桌旁。

Möglicherweise flüsterten sie mit dem Manager.

他们可能在和经理窃窃私语。

Vielleicht lehnten alle an der Tür und lauschten.

也许大家都倚在门边偷听。

Gregor schob den Stuhl langsam in Richtung Tür.

格里高尔慢慢地把椅子推向门口。

Er stemmte sich gegen die Tür und hielt sich aufrecht.

他用力推开门，保持身体直立。

Er stellte fest, dass sich an seinen Fußsohlen ein wenig Klebstoff befand.

他发现自己的脚掌上有一点胶水。

Und er ruhte sich dort einen Moment lang von der Anstrengung aus.

他因劳累而稍作休息。

Nachdem er sich ausreichend ausgeruht hatte, begann er mit der nächsten Aufgabe.

休息足够后，他开始着手下一个任务。

Er begann, den Schlüssel mit dem Mund im Schloss zu drehen.

他开始用嘴转动锁里的钥匙。

Leider schien er gar keine Zähne zu haben.

不幸的是，他似乎根本没有牙齿。

Aber welche andere Möglichkeit hätte er gehabt, an die Schlüssel zu gelangen?

但他还有其他办法拿到钥匙吗？

Zum Glück für ihn waren seine Kiefer natürlich sehr kräftig.

幸运的是，他的下颚当然非常强壮。

Mit Hilfe seiner Kiefermuskeln brachte er den Schlüssel tatsächlich in Bewegung.

他用下颚把钥匙弄动了。

Er hatte keinen Zweifel daran, dass er sich damit auch selbst schadete.

他毫不怀疑自己也在伤害自己。

Weil eine braune Flüssigkeit aus seinem Mund kam.

因为有棕色的液体从他嘴里流出来。

Die braune Flüssigkeit ergoss sich über den Schlüssel und die Tür hinunter.

棕色的液体顺着钥匙流到门上。

Aber Gregor kümmerte es nicht, dass er sich selbst schadete.

但格里高尔并不在意自己正在伤害自己。

„Können Sie das hören?", fragte der Manager im Nebenraum.

"你能听到吗？"隔壁房间的经理问道。

„Er dreht den Schlüssel um", hatte der Manager bemerkt.

"他正在转动钥匙，"经理注意到。

Diese Worte waren eine große Ermutigung für Gregor.

这些话对格雷戈尔来说是莫大的鼓励。

Aber auch Vater und Mutter hätten rufen sollen:

但父母也应该大声喊出来：

„Gut gemacht, Gregor!", hätten sie ihm zurufen sollen.

他们本该对他喊："好，格里高尔！"

„Immer weiter, immer weiter am Schlüssel drehen, du schaffst das."

"继续，继续转动钥匙，你能行的。"

Stattdessen musste Gregor sich ihre Begeisterung vorstellen.

但格里高尔只能想象他们的兴奋之情。

Er presste die Zähne zusammen mit aller Kraft, die er hatte.

他用尽全力咬紧牙关。

Und er drehte den Schlüssel weiter im Schloss.

他继续转动钥匙，试图拧动锁芯。

Sein Körper wand sich schmerzhaft im Kreis.

他的身体痛苦地扭动着，绕着圆圈转了一圈。

Er konnte sich nur noch mit dem Mund aufrecht halten.

他现在只能靠嘴巴支撑着身体。

Um den Schlüssel weiterzudrehen, drückte er gegen die Tür.

他用力抵住门，继续转动钥匙。

Schließlich weckte das Knacken des Schlosses Gregor wieder auf.

最后，锁扣的咔哒声再次惊醒了格里高尔。

„Ich brauchte also keinen Schlüsseldienst", seufzte er erleichtert.

"所以我不需要锁匠了，"他如释重负地叹了口气。

Jetzt musste er nur noch die Tür öffnen, die er aufgeschlossen hatte.

现在他只需要打开那扇他已经解锁的门。

Und mit dem Kopf auf dem Türgriff öffnete er die Tür.

他头抵着门把手，打开了门。

Er befand sich hinter der Tür, die in sein Zimmer führte.

他站在门后，那扇门通向他的房间。

Die Tür war also schon offen, bevor man ihn sehen konnte.

所以在他被看到之前，门就已经开了。

Als Nächstes musste er sich um die Tür herummanövrieren.

接下来，他必须绕过这扇门。

Diese schwierige Bewegung erforderte auch viel Mühe.

这次艰难的行动也需要付出很多努力。

Er wollte nicht ungeschickt in den nächsten Raum fallen.

他不想笨拙地跌进隔壁房间。

So hatte er keine Zeit, sich auf irgendetwas anderes zu konzentrieren.

所以他根本没时间关注其他事情。

Doch dann hörte er den Hauptsekretär laut „Oh!" ausrufen.

但随后他听到总职员大声喊了一声"哦！"

Es klang, als würde der Wind durchs Haus rauschen.

听起来像是风在屋里呼啸而过。

Er war zufällig derjenige, der der Tür am nächsten stand.

他碰巧是离门口最近的人。

Und als er ihn nun sah, presste er die Hand an den Mund.

看到他，他连忙用手捂住嘴。

Langsam bewegte er sich rückwärts, weg von Gregor.

他慢慢地向后退去，远离格里高尔。

Aber es war, als ob eine unsichtbare Kraft auf ihn einwirkte.

但感觉就像有一股无形的力量在作用于他。

Das Erste, was die Mutter tat, war, den Vater anzusehen.

母亲做的第一件事就是看向父亲。

Trotz der Anwesenheit des Managers war ihr Haar zerzaust.

尽管经理在场，她的头发却很凌乱。

Sie verschränkte die Arme und machte zwei Schritte nach vorn.

她放下抱在胸前的双臂，向前走了两步。

Doch dann brach sie mitten in ihrem Rock zusammen.

但随后她突然倒在了裙摆下。

Ihr Kleid breitete sich um sie herum auf dem Boden aus.

她的裙子散落在地板上，将她整个人都包裹住了。

Und ihr Kopf verschwand auf ihren eigenen Brüsten.

她的头低垂下来，埋进了自己的胸前。

Der Vater ballte mit feindseligem Gesichtsausdruck die Faust.

父亲紧握拳头，表情充满敌意。

Er schien Gregor zurück in sein Zimmer drängen zu wollen.

他似乎想把格里高尔赶回房间。

Dann blickte er unsicher im Wohnzimmer umher.

然后，他茫然地环顾了一下客厅。

Und schließlich bedeckte er seine Augen mit den Händen.

最后，他用双手捂住了双眼。

Und er weinte bitterlich, bis seine mächtige Brust erbebte.

他痛哭流涕，直到他那魁梧的胸膛都颤抖起来。

Gregor betrat ihr Zimmer tatsächlich gar nicht.

格里高尔实际上根本没有进过他们的房间。

Stattdessen lehnte er sich an den Türrahmen.

他没有坐下，而是靠在了门框上。

Von außen war nur die Hälfte seines Körpers sichtbar.

从外面的人只能看到他半个身体。

Und auf seinem Körper befand sich sein Kopf, zur Seite geneigt.

他的头颅歪向一边，悬在他身体的上方。

Das Licht war inzwischen viel heller geworden als zuvor.

此时光线比之前明亮得多。

Man konnte nun deutlich die andere Straßenseite sehen.

现在可以清楚地看到街对面了。

Ein Teil des endlosen, grauen Krankenhauses gab sich zu erkennen.

眼前展现出一片无边无际、灰蒙蒙的医院景象。

Der Morgenregen hatte noch nicht ganz aufgehört.

早晨的雨还没有完全停。

Doch nun waren die Regentropfen größer und weiter voneinander entfernt.

但现在雨滴更大了，间距也更远了。

Das Frühstücksbuffet war in Hülle und Fülle vorhanden.

餐桌上摆满了丰盛的早餐菜肴。

Der Vater hielt das Frühstück für die wichtigste Mahlzeit.

父亲认为早餐是最重要的一餐。

Das Frühstück war eine Mahlzeit, die er stundenlang in die Länge zog.

他总是把早餐拖上好几个小时。

Und in diesen Stunden las er die verschiedenen Zeitungen.

在这些时间里，他会阅读各种报纸。

Direkt gegenüber hing ein Foto von Gregor.

对面墙上挂着格里高尔的照片。

Das Foto an der Wand zeigte ihn als Leutnant.

墙上的照片显示他是一名中尉。

Es war ein Foto aus seiner Zeit beim Militär.

那是他服役期间拍的照片。

Seine Hand ruhte auf seinem Schwert, und er hatte ein unbeschwertes Lächeln im Gesicht.

他手放在剑柄上，脸上带着无忧无虑的笑容。

Seine Haltung und seine Uniform flößten einen gewissen Respekt ein.

他的姿态和制服都给人一种肃然起敬的感觉。

Die andere Tür, die zum Vorzimmer führte, war ebenfalls offen.

通往前厅的另一扇门也开着。

Und die Tür zur Wohnung war auch noch offen.

公寓的门也还开着。

Man konnte bis zum Vorhof des Wohnhauses sehen.

从远处可以一直看到公寓的前院。

Und dann führte die Treppe hinunter auf die Straße.

然后，楼梯通向下面的街道。

Gregor war der Einzige, der die Fassung bewahrt hatte.

只有格里高尔保持了镇定。

Er hat das gesehen, daher lag die Verantwortung für das Gespräch bei ihm.

他看到了这一点，所以这次谈话是他的责任。

"So, ich werde mich jetzt für die Arbeit anziehen", sagte er.

“好了，我现在要去穿衣服上班了。”他说。

„Sobald ich die Textilmuster verpackt habe, werde ich abreisen."

“我打包好纺织品样品后就会离开。”

"Beabsichtigen Sie immer noch, mich zu entlassen, Herr Prokurist?"

“普罗库里斯特先生，您还打算解雇我吗？”

„Wie Sie sehen, bin ich nicht so stur, wie Sie dachten."

“如你所见，我并没有你想象的那么固执。”

„Und Sie können sehen, dass ich doch gerne arbeite."

“你可以看出我其实很喜欢工作。”

„Ich kann zugeben, dass Reisen aus beruflichen Gründen nicht einfach ist."

“我承认，出差并不轻松。”

„Aber ich kann auch akzeptieren, dass es Teil meines Jobs ist."

"但我也可以接受这是我工作的一部分。"

"Manager, wo gehen Sie hin? Zurück ins Büro?"

"经理，你要去哪儿？回办公室吗？"

„Werden Sie alles, was Sie gesehen haben, wahrheitsgemäß berichten?"

"你会如实汇报你所看到的一切吗？"

„Manchmal kommt es vor, dass man nicht zur Arbeit gehen kann."

"有时候会发生无法上班的情况。"

„Das ist der richtige Zeitpunkt, um sich an vergangene Erfolge zu erinnern."

"现在正是回顾过去成就的好时机。"

„Nachdem die Schwierigkeit beseitigt wurde, funktioniert es sogar noch besser."

"排除了困难之后，效果反而更好了。"

„Mein Fleiß und meine Konzentration werden zunehmen."

"我将更加勤奋专注。"

"Sie wissen ganz genau, dass ich dem Chef etwas schulde."

"你很清楚我欠老板一个人情。"

„Aber ich mache mir auch Sorgen um meine Eltern und meine Schwester."

"但我也很担心我的父母和妹妹。"

„Ich stecke in einer schwierigen Lage, aber ich werde einen Weg finden, da wieder herauszukommen."

"我处境艰难，但我会想办法摆脱困境。"

„Macht es nicht noch schwieriger, als es ohnehin schon ist."

"别让事情变得更难。"

„Als Kollegen müssen wir uns auch gegenseitig helfen."

"作为同事，我们也必须互相帮助。"

„Ich weiß, dass die Büroangestellten die Reisenden nicht mögen."

我知道上班族不喜欢旅行者。

„Ihr glaubt, wir verdienen ein Vermögen und führen ein gutes Leben."

"你以为我们赚了很多钱，过着好日子吗？"

„Sie haben keinen wirklichen Grund, ihre Vorurteile zu hinterfragen."

"他们没有真正的理由去反思自己的偏见。"

„Sie als befugter Beamter haben jedoch eine andere Rolle."

"但是，作为授权官员，你的职责不同。"

„Sie haben einen besseren Überblick als die anderen Mitarbeiter."

"你比其他员工更了解全局。"

„Tatsächlich glaube ich, dass Sie den besten Überblick haben."

"事实上，我认为你可能对情况了解得最清楚。"

„Sie haben einen besseren Überblick als der Chef selbst."

"你比老板本人更了解全局。"

„Ich gebe zu, dass der Chef die unternehmerische Arbeit leistet."

"我承认老板确实做了创业方面的工作。"

„Aber es ist leicht, dass seine Urteile in die Irre geführt werden."

但他的判断很容易被误导。

„Und diese kleinen Fehleinschätzungen können uns zum Nachteil gereichen."

"而这些小小的判断失误可能会给我们带来损失。"

„Sie wissen ja, wie leicht es ist, über den Reisenden zu sprechen."

"你知道谈论旅行者是多么容易。"

„Er ist nicht da, um seinen Ruf vor Gerüchten zu verteidigen."

"他到那里不是为了捍卫自己的名誉，抵御流言蜚语。"

„Diese Anschuldigungen können leicht nur Zufälle sein."

"这些指控很可能只是巧合。"

„Viele Beschwerden beruhen nicht einmal auf irgendeiner Wahrheit."

"很多抱怨根本没有任何事实依据。"

„Er ist fast das ganze Jahr über nicht im Büro."

"他几乎全年都不在办公室。"

Welche Chance hat er, seinen Ruf zu verteidigen?

他有什么机会捍卫自己的名誉？

„Er erfährt gar nichts von den Anschuldigungen."

"他甚至都没机会听到这些指控。"

„Er erfährt erst, was gesagt wurde, wenn es zu spät ist."

"他发现别人说了什么的时候，已经太晚了。"

„Zu diesem Zeitpunkt ist er von der Tagesreise völlig erschöpft."

"到那时，他已经因为一天的旅途劳顿而筋疲力尽了。"

„Er muss die schrecklichen Konsequenzen trotzdem am eigenen Leib erfahren."

"反正他都要承受可怕的后果。"

„Auch wenn er keine Möglichkeit hat, das Problem zu verstehen."

"即便他根本无法理解这个问题。"

"Oh Manager, gehen Sie nicht, ohne mir ein Wort zu sagen."

"经理，走之前至少跟我打个招呼。"

„Sag mir wenigstens, dass du mir teilweise zustimmst."

"至少告诉我你部分同意我的观点。"

Der Manager hatte sich aber schon viel früher von Gregor abgewandt.

但经理很早就对格雷戈尔失去了兴趣。

Seine Schulter zuckte, als er Gregor anblickte.

他回头看向格里高尔时，肩膀抽搐了一下。

Und er blieb während der gesamten Rede kein einziges Mal stehen.

演讲过程中，他一刻也没有停下来。

Er hatte Gregor mit zusammengepressten Lippen angesehen.

他抿着嘴唇回头看了格里高尔一眼。

Er hatte sich allmählich in Richtung Tür zurückgezogen.

他一直慢慢地向门口退去。

Aber auch er konnte den Blick nicht von Gregor abwenden.

但他也无法将目光从格里高尔身上移开。

Er hatte das Gefühl, es gäbe ein geheimes Verbot, den Raum zu verlassen.

他感觉房间里似乎有一条不成文的禁令，不允许他离开。

Zu diesem Zeitpunkt befand er sich aber bereits in der Eingangshalle.

但此时他已经进入了门厅。

Und nun machte er eine plötzliche Bewegung in Richtung Ausgang.

然后他突然朝出口走去。

Er streckte seine rechte Hand in Richtung der Treppe aus.

他伸出右手，指向楼梯。

Vielleicht wartete eine übernatürliche Macht darauf, ihn zu retten.

或许有一股超自然力量在等着拯救他。

Gregor wusste, dass er ihn so nicht gehen lassen konnte.

格里高尔知道他不能就这样让他离开。

Der Manager darf nicht in der Stimmung zurückkehren, in der er sich befand.

经理绝不能带着他之前的坏心情回来。

Gregors Arbeitsplatz war stark gefährdet.

格雷戈尔的工作岌岌可危。

Die Eltern konnten das alles nicht vollständig verstehen.

父母无法完全理解这一切。

Über die Jahre hatten sie sich an seine Arbeitsplatzsicherheit
gewöhnt.

多年来，他们已经习惯了他稳定的工作。

Und sie waren davon überzeugt, dass er den Job auf
Lebenszeit hatte.

他们确信他将终身担任这份工作。

Stattdessen hatten sie sich mit anderen Sorgen beschäftigt.

相反，他们却忙于其他更多的烦心事。

Doch diese Bedenken führten dazu, dass sie jegliche
Weitsicht verloren.

但这些担忧使他们失去了所有远见。

Gregor hatte jedoch die elterliche Weitsicht nicht verloren.

然而，格雷戈尔并没有失去父母的远见卓识。

Jemand musste den Bevollmächtigten stoppen.

必须有人阻止这位授权代表。

Er musste ihn beruhigen und überzeugen.

他得安抚他，说服他。

Davon hing die Zukunft von Gregor und seiner Familie ab!

格里高尔和他家人的未来就取决于此了！

Wenn doch nur die kluge Schwester da gewesen wäre, um
zu helfen.

如果聪明的姐姐当时在场就好了，那样就能帮上忙了。

Sie hatte schon geweint, als Gregor noch in seinem Zimmer
war.

当格里高尔还在房间里的时候，她就已经哭了。

Zu diesem Zeitpunkt lag er einfach nur ruhig auf dem
Rücken.

当时他只是静静地仰面躺着。

Sie wusste damals schon um die Bedeutung der Situation.

她当时已经意识到事态的重要性。

Der Manager hatte bekanntermaßen eine Schwäche für
Frauen.

这位经理对女性有特殊的偏爱，这是众所周知的。

Sie hätte ihn leicht dazu überreden können, länger zu bleiben.

她本来很容易就能说服他多待几天。

Sie hätte die Tür geschlossen und ihn wieder hineingeführt.

她本可以关上门，然后领他进去。

Doch leider war die Schwester bereits aufgebrochen, um einen Arzt zu holen.

但不幸的是，姐姐去找医生了。

Deshalb blieb Gregor nichts anderes übrig, als es selbst zu tun.

因此，格里高尔别无选择，只能亲自去做。

Er hatte nicht bedacht, welche Fähigkeiten er tatsächlich besaß.

他之前并没有认真考虑过自己的能力究竟如何。

Und er hatte vergessen, seiner Fähigkeit zu sprechen zu misstrauen.

他竟然忘记了要怀疑自己的说话能力。

Dennoch verließ er die Sicherheit seines Zimmers.

尽管如此，他还是离开了自己安全的房间。

Und er drängte sich durch die Öffnung des Zimmers.

他奋力挤过房间的开口。

Der Manager war bereits auf dem Weg die Treppe hinunter.

经理已经走下楼梯了。

Aber er hielt sich mit beiden Händen am Geländer fest.

但他双手紧紧抓住栏杆。

Gregor stürzte, als er sich durch die Tür schob.

格里高尔推开门时摔倒了。

Er stieß einen kleinen Schrei aus, als er nach Halt griff.

他抓住什么东西支撑住身体时，发出了一声短促的尖叫。

Doch anstatt in Panik zu geraten, verspürte er ein körperliches Wohlbefinden.

但他并没有惊慌，反而感到身体很舒服。

Zum ersten Mal an diesem Morgen fühlte sich etwas richtig an.

那天早上，我第一次感觉一切都对了。

Alle seine Beine standen nun auf festem Boden.

他的双腿现在都稳稳地踩在了坚实的地面上。

Er war überrascht, wie gut er seine Beine kontrollieren konnte.

他惊讶于自己竟然能如此很好地控制双腿。

Er freute sich, festzustellen, dass seine Beine ihm vollkommen gehorchten.

他很高兴地发现自己的双腿完全听从了他的指挥。

Tatsächlich trugen ihn seine Beine überall hin, wo er hinwollte.

事实上，他可以凭借双腿去任何他想去的地方。

Bald würden all seine Sorgen ein Ende finden.

他的所有悲伤终将结束。

Doch im selben Augenblick sprang seine eigene Mutter auf.

但就在同一时刻，他的母亲也跳了起来。

Ihre Arme waren ausgestreckt und ihre Finger gespreizt.

她双臂伸展，手指张开。

Und sie schrie: „Hilfe, um Gottes willen, helft mir!"

她喊道："救命啊，看在上帝的份上，谁来救救我！"

Sie neigte den Kopf; sie wollte Gregor besser sehen.

她歪着头，想看得更清楚些。

Doch im Gegensatz zu ihrer ersten Handlung rannte sie zurück.

但与第一个举动形成鲜明对比的是，她跑了回去。

Sie hatte vergessen, dass der Tisch hinter ihr gedeckt war.

她忘记了身后的餐桌已经摆好了。

Alle Speisen fürs Frühstück standen noch auf dem Tisch.

早餐的食材都还摆在桌上。

Sie setzte sich hastig auf den Tisch, als sei sie abgelenkt.

她慌忙地坐在桌子上，好像心不在焉。

Und sie schien den verschütteten Kaffee nicht zu bemerken.

她似乎没有注意到洒出来的咖啡。

Der Kaffee, der inzwischen in den Teppich eingezogen war.

咖啡已经浸透了地毯。

„Mutter, Mutter", sagte Gregor leise und blickte zu ihr auf.

"妈妈，妈妈，"格里高尔轻声说道，抬头望着她。

Im Moment war ihm der Manager nicht wichtig.

眼下，经理对他来说并不重要。

Aber da war auch noch der Kaffee, der auf den Teppich tropfte.

但还有咖啡滴到地毯上的情况。

Gregor konnte nicht widerstehen und schnappte nach dem Kaffee.

格雷戈尔忍不住对着咖啡张了张嘴。

Die Mutter fing wegen seines Verhaltens wieder an zu weinen.

他的行为让母亲再次哭了起来。

Sie sprang vom Tisch, um Abstand von ihm zu gewinnen.

她从桌子上跳下来，与他保持距离。

Und sie rannte in die Arme ihres Vaters, um Schutz zu suchen.

她奔向父亲的怀抱寻求庇护。

Doch Gregor hatte jetzt keine Zeit mehr für seine Eltern.

但格里高尔现在根本没时间陪伴父母。

Der zuständige Beamte befand sich bereits auf der Treppe.

获授权的官员当时已经在楼梯上了。

Er hatte sein Kinn auf dem Geländer, um ins Haus zu schauen.

他下巴抵着栏杆，往屋里看去。

Offenbar wollte er sich das Spektakel noch ein letztes Mal ansehen.

显然，他想最后再看一眼这壮观的景象。

Und Gregor unternahm einen letzten Versuch, den Manager zu erreichen.

格雷戈尔做了最后的努力，试图联系经理。

Er rannte so sicher wie möglich zur Tür.

他尽可能安全地朝门口跑去。

Aber der Hauptsekretär muss etwas geahnt haben.

但总书记肯定有所察觉。

Denn er sprang mehrere Stufen hinunter und verschwand.

因为他跳下好几级台阶，消失不见了。

"Huh!", rief Gregor, und sein Ruf hallte durch das Treppenhaus.

"哈！"格雷戈尔喊道，声音在楼梯间回荡。

Die Flucht des Managers schien auch seinen Vater zu verwirren.

经理的逃跑似乎也让他的父亲感到困惑。

Bis dahin war es ihm gelungen, recht gefasst zu bleiben.

在此之前，他一直保持着相当的冷静。

Doch leider verlor auch er die Fassung, die er zuvor besessen hatte.

但不幸的是，他也失去了原本的镇定。

Er hätte Gregor bei seinem Vorhaben helfen sollen.

他本应该帮助格里高尔追赶格里高尔。

Doch er packte den Gehstock des Managers mit einer Hand.

但他一手抓住了经理的拐杖。

In seiner anderen Hand hielt er nun eine Zeitung.

而他的另一只手则拿着一份报纸。

Und nun behinderte er Gregor direkt bei seinem Vorhaben.

现在，他直接阻碍了格里高尔的追捕。

Er hatte sich zwischen Gregor und die Straße gestellt.

他挡在了格里高尔和街道之间。

Er stampfte mit den Füßen auf und fuchtelte mit dem Stock und der Zeitung herum.

他跺了跺脚，挥舞着棍子和报纸。

Und er zwang Gregor aktiv zurück in sein Zimmer.

他正强迫格里高尔回到他的房间里。

Keine der Bitten, die Gregor äußerte, half.

格雷戈尔尝试提出的所有请求都无济于事。

Weil keines seiner Anliegen verstanden wurde.

因为他提出的要求一个都没被理解。

Er wandte den Kopf in eine tiefere, demütigere Haltung.

他把头转向更深、更谦卑的角度。

Doch sein Vater antwortete, indem er noch heftiger mit den Füßen aufstampfte.

但他的父亲却跺脚跺得更厉害了。

Die Mutter öffnete trotz des kühlen Wetters ein Fenster.

尽管天气凉爽，母亲还是打开了窗户。

Und sie presste ihr Gesicht in die Hände vor Kälte.

她蜷缩着身子，双手捂住脸，任凭寒风刺骨。

Der Wind konnte nun durch die gesamte Wohnung strömen.

现在风可以穿过整个公寓了。

Ein starker Luftzug wehte vom Treppenhaus in die Gasse.

一股强风从楼梯间吹向巷子。

Die Vorhänge wurden vom starken Wind hin und her bewegt.

强风吹得窗帘猎猎作响。

Und die Zeitung auf dem Tisch raschelte im Wind.

桌上的报纸在风中沙沙作响。

Sogar einige Blätter wurden von draußen ins Haus geweht.

甚至有些树叶也被风从外面吹进了屋里。

Der Vater stampfte mit den Füßen und schob unerbittlich.

父亲跺着脚，不停地推搡。

Und er zischte und gab Geräusche von sich, wie es ein Wilder tun würde.

他像个野人一样发出嘶嘶声和各种怪叫声。

Gregor hatte das Rückwärtsgehen aber noch nicht geübt.

但格里高尔还没有练习过倒着走。

Selbst Gregor würde zugeben, dass diese Bewegung wesentlich langsamer vonstatten ging.

就连格里高尔也会承认，这个动作要慢得多。

Doch alles, was er wollte, war die Gelegenheit, umzukehren.

但他想要的只是一个重新开始的机会。

Dann wäre er sofort in sein Zimmer gegangen.

然后他就会直接回房间。

Aber er hatte zu große Angst, seinen Vater ungeduldig zu machen.

但他太害怕惹父亲不耐烦了。

Und es bestand die Drohung mit einem Schlag mit dem Stock.

而且还有人威胁要用棍子打人。

Ein solcher Schlag auf den Hinterkopf könnte tödlich sein.

头部后侧受到这样的重击可能会致命。

Am Ende blieb Gregor jedoch keine andere Wahl.

但最终格里高尔别无选择。

Ihm wurde klar, dass er nicht einmal mehr geradeaus rückwärts gehen konnte.

他意识到自己甚至无法笔直地倒退行走。

Er begann sich so schnell wie möglich umzudrehen.

他开始尽可能快地转身。

Doch in Wirklichkeit war diese Drehbewegung genauso langsam.

但实际上，这种转变过程同样缓慢。

Und ihm folgten die besorgten Blicke des Vaters.

父亲焦急的目光一直追随着他。

Vielleicht bemerkte der Vater Gregors gute Absichten.

或许父亲察觉到了格里高尔的善意。

Weil er ihn nicht daran hinderte, sich umzudrehen.

因为他没有阻止他转身。

Er benutzte sogar die Spitze seines Stocks, um die Drehung zu steuern.

他甚至用棍子的尖端来引导旋转。

Gregor wünschte sich aber dennoch, sein Vater hätte ihn nicht angefaucht!

但格里高尔仍然希望父亲没有对他发出嘶嘶声！

Das Zischen trug nur noch zur Verwirrung des Augenblicks bei.

嘶嘶声更加剧了当时的混乱局面。

Und dann unterlief ihm ein Fehler, und er bog in die falsche Richtung ab.

然后他走错了方向。

Am Ende gelang es ihm schließlich doch, den richtigen Weg einzuschlagen.

最后他终于找到了正确的方向。

Und er war zufrieden mit den Fortschritten, die er gemacht hatte.

他对自己取得的进步感到满意。

Doch dann trat das nächste Problem noch deutlicher zutage.

但随后，下一个问题变得更加明显了。

Sein Körper war zu breit, um problemlos durch die Tür zu passen.

他的体型太宽，很难穿过门。

In seinem jetzigen Zustand bemerkte der Vater dies nicht.

父亲当时神志不清，没有注意到这一点。

Deshalb kam es ihm nicht in den Sinn, die Tür weiter zu öffnen.

所以他根本没想到要把门开得更大一些。

Dann wäre genügend Platz für Gregor gewesen.

那样的话，就有足够的空间容纳格里高尔了。

Seine einzige Priorität war es, Gregor in sein Zimmer zu bringen.

他当时唯一的目标就是把格里高尔带回房间。

Er hätte aufstehen müssen, um durch die Tür zu passen.

他必须站起来才能穿过这扇门。

Der Vater hätte ein solches Manöver jedoch nicht zugelassen.

但父亲绝不会允许这种做法。

Tatsächlich fauchte er ihn noch heftiger an als zuvor.

事实上，他冲着他嘶嘶叫得比之前更加凶狠了。

Es klang nach mehr als nur einem Mann, der ihn anzischt.

听起来好像不止一个人在对他发出嘶嘶声。

Seine Forderungen schienen nun an Dringlichkeit gewonnen zu haben.

他的诉求似乎变得更加迫切了。

Für Spielereien war jetzt wirklich keine Zeit mehr.

现在真的没有时间再浪费了。

Was auch immer geschah, Gregor musste durch die Tür gelangen.

不管发生什么，格里高尔都必须穿过那扇门。

Er kämpfte sich ohne jegliche Rücksicht auf sich selbst durch.

他全然不顾自身安危，奋力前行。

Durch die Bewegung wurde eine Seite seines Körpers nach oben gedrückt.

由于这个动作，他身体的一侧被迫向上抬起。

Und er lag unbeholfen und schief zwischen den Türrahmen.

他笨拙地歪斜地躺在门口。

Eine seiner Flanken war am Holz wundgescheuert.

他的一侧肋部被木头磨得通红。

Und er hatte hässliche Flecken auf der weiß gestrichenen Tür hinterlassen.

他还在白色油漆门上留下了难看的污渍。

Auf einer Seite seines Körpers hingen die Beine zitternd in der Luft.

他一侧的双腿颤抖地悬在空中。

Seine anderen Beine drückten schmerzhaft gegen den Boden.

他的其他两条腿痛苦地压在地板上。

Bald würde er vollständig zwischen den Türen eingeklemmt sein.

很快他就会完全被卡在门缝里。

Und dann hätte er sich überhaupt nicht mehr bewegen können.

那样的话，他就完全动弹不得了。

Doch der Vater gab ihm einen wahrhaft befreienden, starken Anstoß.

但父亲给了他真正解放的强大推动力。

Und er stürzte, stark blutend, tief in sein Zimmer hinein.

他倒了下去，鲜血直流，跌进了房间深处。

Der Vater knallte die Tür hinter sich mit seinem Stock zu.

父亲用棍子砰地一声关上了身后的门。

Und dann kehrte endlich wieder Ruhe ein.

然后，终于又恢复了平静。

Teil Zwei

第二部分

Gregor wachte erst viel später am Tag auf.

格里高尔直到当天晚些时候才醒来。

Die Dämmerung war hereingebrochen; er hatte tief und fest geschlafen.

夜幕降临，他沉沉睡去，毫无知觉。

Er wäre auch ohne Störung aufgewacht.

即使没人打扰他，他也会醒来。

Denn er fühlte sich ausreichend ausgeruht und gut geschlafen.

因为他感觉休息充分，睡眠充足。

Aber er glaubte, draußen flüchtige Schritte zu hören.

但他似乎听到了外面传来一阵匆匆的脚步声。

Und vielleicht hat jemand die Haustür sorgfältig geschlossen.

或许有人已经小心地关上了前门。

Das Licht der elektrischen Straßenbahn lag blass an der Decke.

电车的灯光昏暗地投射在车顶上。

Auch die Oberseite der Möbel wurde ein wenig beleuchtet.

家具顶部也照到了一些光线。

Doch unten am Boden, auf Gregors Höhe, war es dunkel.

但是，在地面上，在格里高尔的高度，却是一片漆黑。

Seine Beine schoben ihn langsam wieder in Richtung Tür.

他的双腿缓缓地再次将他推向门口。

Er war sehr neugierig, zu sehen, was dort geschehen war.

他非常好奇那里发生了什么事。

Seine Kontrolle über seine Fühler war jedoch noch nicht entwickelt.

但他对触须的控制能力尚未发展成熟。

Obwohl er diese neuen Sensoren allmählich zu schätzen begann.

虽然他开始欣赏这些新型传感器。

Eine lange, unansehnliche Narbe schien seine linke Seite hinunterzulaufen.

他左侧似乎有一道又长又难看的疤痕。

Die Narbe fühlte sich an, als würde sie diese Seite seines Körpers einengen.

那道疤痕让他感觉身体的这一侧变得紧绷起来。

Und so musste er buchstäblich auf seinen zwei Beinreihen humpeln.

所以他只能一瘸一拐地用两排腿走路。

Eines seiner Beine war an diesem Morgen schwer verletzt worden.

那天早上他的一条腿受了重伤。

Es war wirklich ein Wunder, dass er sich nicht noch mehr Beine gebrochen hatte.

他没摔断更多腿，真是个奇迹。

Und so schleppte er sein verletztes Bein leblos hinter sich her.

于是，他拖着受伤的腿无力地走在身后。

Als er die Tür erreichte, erkannte er etwas Tiefgreifendes.

当他走到门口时，他意识到了一件意义深远的事情。

Es war der Geruch von etwas, der ihn dorthin gelockt hatte.

是某种气味把他引到了那里。

In Gregors Zimmer war etwas Essbares für ihn hinterlassen worden.

有人在格里高尔的房间里给他留了一些可以吃的东西。

Stückchen Weißbrot schwimmen in einer Schüssel mit süßer Milch.

几块白面包漂浮在一碗甜牛奶中。

Er konnte seine innere Freude kaum verbergen.

他几乎无法抑制内心的喜悦。

Er war jetzt noch hungriger als am Morgen.

他现在比早上更饿了。

Er tauchte sofort seinen Kopf in die Schüssel mit Milch.

他立刻把头浸入牛奶碗里。

Die Milch quoll ihm fast über den ganzen Kopf, bis zu den Augen.

牛奶几乎浸透了他的整个头部，一直到他的眼睛。

Doch schon bald riss er den Kopf zurück, bitter enttäuscht.

但他很快就缩回了头，满心失望。

Das Essen war aufgrund seiner empfindlichen linken Seite schwierig.

由于他左侧身体虚弱，进食很困难。

Und er konnte nur essen, indem er mit dem ganzen Körper keuchte.

他只能通过全身喘息才能吃东西。

Das war jedoch nicht der wahre Grund für seine Enttäuschung.

但这并非他失望的真正原因。

Milch war schon immer eines seiner Lieblingsgerichte gewesen.

牛奶一直是他最喜欢的食物之一。

Er hatte keinen Zweifel daran, dass seine Schwester sich daran erinnerte.

他毫不怀疑他妹妹记得这件事。

Und das war der Grund, warum sie ihm Milch gegeben hatte.

这就是她给他喂牛奶的原因。

Er konnte nicht erklären, warum er Milch jetzt nicht mehr mochte.

他无法解释自己为什么现在不喜欢牛奶。

Und er wandte sich fast widerwillig von der Schüssel ab.

他几乎是恋恋不舍地转过身，不再看那碗。

Enttäuscht kroch er zurück in die Mitte des Raumes.

他失望地爬回了房间中央。

Hier konnte er durch den Türspalt hindurchsehen.

他透过门缝看到了外面。

Er konnte sehen, dass im Wohnzimmer das Feuer brannte.

他看到客厅里的火已经点燃了。

Gewöhnlich las der Vater um diese Zeit die Zeitung.

通常这个时候父亲会读报纸。

Er las seiner Mutter immer mit erhobener Stimme vor.

他以前总是大声地给母亲读书。

Manchmal lauschte auch die Schwester dem Vater.

有时妹妹也会偷听父亲说话。

Sie hatte Gregor immer von diesem Vorlesen erzählt.

她总是把朗读这件事告诉格里高尔。

Doch heute war aus dem Zimmer kein Laut zu hören.

但今天房间里却没有任何声音传来。

Vielleicht war diese Gewohnheit bereits in Vergessenheit geraten.

或许这个习惯已经不再养成了。

Eine tiefe Stille hatte sich über die gesamte Wohnung gelegt.

整个公寓里一片寂静。

Obwohl er wusste, dass die Wohnung ganz sicher nicht leer war.

尽管他知道这间公寓肯定不是空的。

„Was für ein ruhiges Leben die Familie doch führte", dachte Gregor.

"这一家人过着多么平静的生活啊，"格里高尔心想。

Und er blickte mit großem Stolz in die Dunkelheit.

他骄傲地凝视着黑暗。

Er war stolz auf das Leben, das er ihnen hatte ermöglichen können.

他为自己能够给予他们的生活而感到自豪。

Er war stolz auf die schöne Wohnung, in der sie lebten.

他为他们居住的漂亮公寓感到自豪。

Doch sollte dieser Frieden nun ein schreckliches Ende nehmen?

但这一切和平难道即将以可怕的方式结束吗？

Würde man ihnen ihren Wohlstand nehmen?

他们的财富会被夺走吗？

War ihre Zufriedenheit nun in Zukunft ungewiss?

他们未来的幸福是否变得不确定了？

Doch er wollte sich nicht in solchen Gedanken verlieren.

但他不想让自己沉浸在这样的思绪中。

Um sich die Zeit zu vertreiben, kroch er die Wände rauf und runter.

为了打发时间，他便在墙上爬上爬下。

Im Laufe des langen Abends wurde eine Tür einen Spalt breit geöffnet.

漫长的夜晚里，一扇门微微敞开着。

Und zu einem anderen Zeitpunkt öffnete sich die andere Tür einen Spaltbreit.

后来，另一扇门也微微打开了。

Doch beide Male wurden die Türen schnell wieder geschlossen.

但两次门都很快又关上了。

Offenbar hatte jemand draußen den Wunsch, hereinzukommen.

显然，外面有人想要进来。

Aber sie hatten auch zu viele Bedenken, hereinzukommen.

但他们对入境也有太多顾虑。

Gregor blieb nun direkt vor der Wohnzimmertür stehen.

格雷戈尔径直停在了客厅门口。

Er war fest entschlossen, den zögernden Besucher irgendwie zu verführen.

他决心想办法引诱这位犹豫不决的访客。

Und er wollte auch wissen, wer der Besucher gewesen war.

他还想知道来访者是谁。

Doch an diesem Abend wurde die Tür kein drittes Mal geöffnet.

但那天晚上，门没有第三次被打开。

Und Gregor verbrachte seine Zeit vergeblich damit, an der Tür zu warten.

格里高尔徒劳地在门口等待着。

Früher am Tag wollten sie alle in den Raum kommen.

当天早些时候，他们都想进这个房间。

Jetzt, da die Türen unverschlossen waren, würde es ihnen leichter fallen.

现在门锁打开了，对他们来说就更容易了。

Aber sie entschieden sich dafür, auf der anderen Seite des Raumes zu bleiben.

但他们选择待在房间的另一边。

Gregor bemerkte, dass die Schlüssel nicht mehr in ihren Schlössern steckten.

格里高尔发现钥匙不在锁里了。

Jemand muss die Schlüssel zum Außenschloss umgesteckt haben.

肯定有人把外面的锁钥匙换走了。

Erst spät in der Nacht wurde das Licht im Wohnzimmer ausgeschaltet.

直到深夜，客厅的灯才会关掉。

Die Familie muss die ganze Zeit wach geblieben sein.

这家人肯定全程都没睡。

Und Gregor konnte deutlich hören, wie sie sich auf Zehenspitzen davonschlichen.

格里高尔能清楚地听到他们蹑手蹑脚地走开的声音。

Nun würde bis zum Morgen niemand zu Gregor kommen.

现在，直到早上，都不会有人来找格里高尔了。

So hatte er lange Zeit für sich, um ungestört nachzudenken.

所以他有很长一段时间独处，不受打扰地思考。

Wie könnte man sein Leben jetzt am besten neu ordnen?

现在重新安排他的生活最好的方法是什么？

Doch die hohen Wände des leeren Zimmers ängstigten ihn.

但空荡荡的房间高高的墙壁让他感到害怕。

Ihm blieb keine andere Wahl, als sich flach auf den Boden zu legen.

他别无选择，只能平躺在地上。

Und er fand in diesem Raum niemals die Ursache seiner Angst.

但他始终没能在那个空间里找到恐惧的根源。

Es war dasselbe Zimmer, in dem er seit fünf Jahren lebte.

这是他住了五年的同一个房间。

Halb bewusst machte er eine Bewegung in Richtung Sofa.

他半梦半醒间朝沙发迈了一步。

Und ohne jede Scham versteckte er sich unter dem Sofa.

他毫无羞耻心地躲到了沙发底下。

Dort unten fühlte er sich sofort wieder sehr wohl.

到了下面，他立刻又感觉非常舒适了。

Obwohl sein Rücken etwas gequetscht war.

尽管他的背部有点被压住了。

Auch unter dem Sofa konnte er seinen Kopf nicht mehr heben.

他再也无法把头从沙发底下抬起来了。

Aber selbst das zog er einem Aufenthalt im Freien vor.

但他宁愿待在这样的地方，也不愿待在任何开阔地带。

Er bedauerte jedoch, dass sein Körper so breit war.

然而，他确实后悔自己的身材太胖了。

Das Sofa konnte seinen ganzen Körper nicht vollständig bedecken.

沙发无法完全遮住他的身体。

Er blieb die ganze Nacht unter dem Sofa.

他整晚都躲在沙发底下。

Die Nacht verbrachte er halb schlafend, geplagt von seinem Hunger.

他整夜半睡半醒，饥饿难耐。

Und die Zeit, die er wach war, verbrachte er entweder in Sorgen oder in Hoffnung.

而他醒着的时候，要么在担忧，要么在充满希望。

Doch all seine vagen Hoffnungen führten zu demselben Schluss.

但他所有模糊的希望最终都指向了同一个结论。

Ihm blieb nichts anderes übrig, als vorerst zu schweigen.

他别无选择，只能暂时保持沉默。

Er musste der Familie gegenüber Geduld und Rücksichtnahme zeigen.

他必须对这家人表现出耐心和体谅。

Es war die einzige Möglichkeit, die Unannehmlichkeiten erträglich zu machen.

这是唯一能让这种不便变得可以忍受的方法。

Die Unannehmlichkeiten, die er nun der Familie auferlegte.

他现在给这个家庭带来了诸多不便。

Er musste nicht lange warten, um sein Mitgefühl unter Beweis zu stellen.

他无需等待太久就证明了自己的仁慈。

Früh am Morgen schaute die Schwester in sein Zimmer.

清晨，妹妹往他的房间看了一眼。

Obwohl es eigentlich genauso viel Nacht wie Morgen war.

虽然实际上那段时间既有夜晚也有早晨。

Sie war vollständig angezogen und schien aufgeregt zu sein.

她衣着完整，看起来很兴奋。

Die Tragfähigkeit seiner neu getroffenen Entscheidung könnte sich bewähren.

他新做出的决定是否有效还有待检验。

Sie entdeckte ihn nicht sofort auf Anhieb.

她第一眼并没有立刻找到他。

Er musste irgendwo sein; weggeflogen konnte er nicht sein.

他肯定身处某个地方；他不可能飞走。

Doch dann schweifte ihr Blick ein zweites Mal durch den Raum.

但随后她的目光又扫视了一遍房间。

Und dieses Mal entdeckte sie seinen Oberkörper unter dem Sofa.

这一次，她发现他的上半身蜷缩在沙发底下。

Sie war so verängstigt, dass sie jegliche Selbstbeherrschung verlor.

她吓坏了，完全失去了自控能力。

Und ihre erste Reaktion war, die Tür wieder zuzuschlagen.

她的第一反应是再次砰地一声关上门。

Doch sie schien ihr Verhalten auch sofort zu bereuen.

但她似乎也立刻对自己的行为感到后悔。

Kaum hatte sie die Tür zugeschlagen, öffnete sie sie auch schon wieder.

她砰地一声关上门，随即又打开了。

Und diesmal schlich sie sich leise auf Zehenspitzen in den Raum.

这一次，她踮着脚尖轻轻地走进了房间。

Sie bewegte sich, als ob sie eine schwerkranke Person besuchen würde.

她的举止就像是在探望一位重病患者。

Oder sie könnte einen völlig Fremden besucht haben.

或者她当时可能是在拜访一个完全陌生的人。

Gregor drückte seinen Kopf fast bis an den Rand des Sofas.

格里高尔把头几乎顶到了沙发边缘。

Und von unterhalb des Tresors beobachtete er sie im Zimmer.

他躲在保险箱下面，看着房间里的她。

Würde sie bemerken, dass er die Milch stehen gelassen hatte?

她会注意到他把牛奶落下了吗？

Er hatte die Milch nicht etwa aus Mangel an Hunger stehen gelassen.

他离开牛奶并不是因为不饿。

Wollte sie ihm stattdessen anderes Essen bringen?

她是不是打算给他带别的食物？

Vielleicht ein Gericht, das seinen Vorlieben besser entsprach.

或许是更符合他口味的菜肴。

Aber sie hätte seinen Appetit selbst bemerken müssen.

但她必须自己注意到他的食欲才行。

Er wäre lieber verhungert, als sie davon erfahren zu lassen.

他宁愿饿死也不愿让她知道这件事。

Eigentlich hätte er es ihr sehr gerne gesagt.

其实他很想告诉她。

Er war wirklich versucht, unter dem Sofa hervorzuschießen.

他当时真想从沙发底下跳出来。

Er wollte sich seiner Schwester zu Füßen werfen.

他想跪倒在姐姐脚下。

Und er wollte sie um etwas Leckeres zu essen bitten.

他想问她要点好吃的。

Doch dann blickte die Schwester zu der Schüssel mit Milch.

但随后，姐姐的目光转向了那碗牛奶。

Sie bemerkte sofort, dass die Schüssel noch voll war.

她立刻注意到碗里还是满的。

Sie war ziemlich überrascht, dass Gregor nichts gegessen hatte.

她很惊讶格里高尔竟然什么都没吃。

Nur ein wenig Milch war auf den Boden verschüttet worden.

地板上只洒了一点牛奶。

Sie nahm sofort die Schüssel und trug sie hinaus.

她立即拿起碗，端了出去。

Er sah, dass sie die Schüssel nicht mit bloßen Händen aufgehoben hatte.

他发现她并没有用手直接拿起碗。

Stattdessen hob sie die Schüssel mit einem der Lappen hoch.

她没有用抹布，而是用抹布把碗拿起来。

Gregor vergaß dieses kleine Detail jedoch sehr schnell.

但格里高尔很快就忘记了这个小细节。

Er war nun von etwas ganz anderem viel begeisterter.

他现在对另一件事更感兴趣。

Was könnte sie als Ersatz für die Milch mitbringen?

她会带什么来代替牛奶呢？

Er hatte verschiedene Vermutungen darüber, was sie wohl mitbringen könnte.

他脑海里浮现出各种各样的想法，猜测她可能会带来什么。

Doch die Güte seiner Schwester übertraf seine Erwartungen.

但他妹妹的善良超出了他的预期。

Ihr wurde klar, dass sie herausfinden musste, was seine neuen Vorlieben waren.

她意识到自己必须试探一下他的新口味是什么。

Deshalb brachte sie eine ganze Auswahl an verschiedenen Speisen mit.

所以她带来了各种各样的食物。

Halbverfaultes Gemüse, Knochen vom Abendessen.

半腐烂的蔬菜，晚餐剩下的骨头。

Die eingedickte Soße von der anderen Mahlzeit, die sie gegessen hatten.

这是他们之前吃的饭菜里剩下的凝固的酱汁。

Ein paar Rosinen, einige Mandeln, trockenes Brot, Butterbrot.

几颗葡萄干，一些杏仁，干面包，涂了黄油的面包。

Etwas Brot, das mit Butter bestrichen und gesalzen war.

一些涂了黄油并加了盐的面包。

Käse, den Gregor vor zwei Tagen noch für ungenießbar erklärt hatte.

两天前格雷戈尔宣布无法食用的奶酪。

Die gesamte Auswahl an Speisen wurde auf einer Zeitung ausgelegt.

所有这些食物都被摆放在一张报纸上。

Und sie stellte auch eine Schüssel mit Wasser neben seine Mahlzeiten.

她还在他的饭菜旁边放了一碗水。

Sie wusste, dass Gregor nicht vor ihr gegessen hätte.

她知道格里高尔不会在她面前吃东西。

Aus Respekt vor ihm verließ sie deshalb wieder den Raum.

出于对他的尊重，她再次离开了房间。

Und sie hat beim Weggehen sogar den Schlüssel im Schloss umgedreht.

她离开时甚至还转动了锁孔里的钥匙。

Aber sie drehte den Schlüssel ganz leise und vorsichtig um.

但她转动钥匙的动作非常轻柔小心。

Auf diese Weise würde nur Gregor wissen, dass die Tür verschlossen war.

这样只有格里高尔才会知道门锁了。

Nun konnte er es sich so bequem machen, wie er wollte.

现在他可以随心所欲地让自己感到舒适了。

Gregors Beine surrten, als es Zeit zum Essen war.

到了吃饭时间，格雷戈尔的双腿就开始飞快地转动。

Bemerkenswert ist, dass er keinerlei Beschwerden mehr verspürte.

值得注意的是，他不再感到任何不适。

Seine Wunden müssen bereits vollständig verheilt sein.

他的伤口肯定已经完全愈合了。

Weil er seine früheren Behinderungen nicht mehr spürte.

因为他不再感到以前的残疾了。

Seine neue Fähigkeit zu heilen überraschte und verblüffte ihn.

他新获得的治愈能力让他既惊讶又惊奇。

Vor mehr als einem Monat schnitt er sich mit einem Messer in den Finger.

一个多月前，他用刀割伤了手指。

Bis vor zwei Tagen schmerzte ihn diese Wunde noch.

直到两天前，他的伤口仍然疼痛难忍。

„Bin ich jetzt viel weniger empfindlich?", dachte er bei sich.

"我现在敏感度降低很多了吗？"他心想。

Inzwischen lutschte er gierig an dem Käse.

此时他已经贪婪地吮吸着奶酪了。

Er fühlte sich vom Käse mehr angezogen als von den anderen Speisen.

相比其他食物，他更喜欢奶酪。

Er aß schnell ein Stück Käse nach dem anderen.

他迅速地一块接一块地吃掉了奶酪。

Beim Genuss des Geschmacks traten ihm vor Zufriedenheit die Tränen in die Augen.

他尝到味道后，眼中充满了满足的泪水。

Nach dem Käse aß er das Gemüse und die Soße.

吃完奶酪后，他又吃了蔬菜和酱汁。

Das frische Essen schmeckte ihm jedoch nicht.

然而，他却觉得新鲜食物不好吃。

Tatsächlich konnte er nicht einmal den Geruch von frischen
Lebensmitteln ertragen.

事实上，他甚至无法忍受新鲜食物的气味。

Er hat sogar die anderen Lebensmittel von den frischen
Lebensmitteln weggezerrt.

他甚至把其他食物从新鲜食物旁边拖走了。

Und im Nu hatte er auch noch das Essbare aufgegessen.

他很快就把最能吃的食物吃光了。

Das ganze leckere Essen hatte eine schläfrig machende
Wirkung auf ihn.

所有美味的食物都让他昏昏欲睡。

Und er lag träge an der Stelle, wo er gegessen hatte.

他懒洋洋地躺在他吃东西的地方。

Schließlich kam seine Schwester zurück, um noch einmal
nach ihm zu sehen.

最后，他姐姐又来看望他了。

Sie hatte die Weitsicht, den Schlüssel ganz langsam
umzudrehen.

她很有先见之明，慢慢地转动钥匙。

Dies war für Gregor ein Warnsignal, sich zurückzuziehen.

这给了格里高尔一个警告，他应该撤退。

Benommen und erschrocken huschte er zurück unter das
Sofa.

他惊愕不已，慌忙躲回沙发底下。

Doch diesmal war es nicht so einfach, unter dem Sofa zu
bleiben.

但这次躲在沙发底下可没那么容易。

Sein Körper war durch das viele Essen etwas runder
geworden.

因为吃得太饱，他的身材变得有点圆润了。

Und er musste sich beherrschen, nicht wieder auszulaufen.

他必须克制自己，才没有再次跑出去。

Auch wenn die Schwester nicht lange im Zimmer blieb.

尽管妹妹在房间里待的时间并不长。

In dem engen Raum rang er nach Luft.

在那个狭窄的空间里，他呼吸困难。

Doch er überwand die kurzen Anfälle von Atemnot.

但他还是克服了偶尔的窒息感。

Mit aufgerissenen Augen beobachtete er die Aktivitäten der Schwester.

他瞪大了眼睛，观察着妹妹的一举一动。

Die ahnungslose Schwester schüttete alles in einen Eimer.

毫不知情的妹妹把所有东西都倒进了桶里。

Sie entsorgte nicht nur das Essen, das Gregor nicht gegessen hatte.

她不仅扔掉了格里高尔没吃完的食物。

Aber sie entsorgte auch das Essen, das er nicht angerührt hatte.

但她也会处理掉他没动过的食物。

Offenbar war dieses Essen nun für niemanden mehr genießbar.

显然，那些食物现在对任何人来说都不能吃了。

Anschließend verschloss sie den Futtereimer mit einem Holzdeckel.

然后她用木盖盖住了食物桶。

Und mit dem Essen, dem Eimer und dem Wischmopp ging sie.

她带着食物、水桶和拖把离开了。

Gregor hätte nicht mehr lange warten können.

格里高尔再也等不了多久了。

Sobald sie weg war, entkam er unter dem Sofa hervor.

她一走，他就从沙发底下溜了出来。

Und er streckte sich aus und atmete erleichtert auf.

他伸展开身体，长舒了一口气，如释重负。

So erhielt Gregor von nun an regelmäßig seine Nahrung.

从此以后，格里高尔就一直这样得到食物。

Seine Schwester gab ihm einmal früh am Morgen etwas zu essen.

他姐姐清晨给他喂过一次食物。

Zu dieser Stunde schliefen die Eltern und das Dienstmädchen noch.

这时，父母和女佣都还在睡觉。

Und er erhielt eine zweite Mahlzeit, nachdem alle anderen bereits zu Mittag gegessen hatten.

大家吃完午饭后，他又吃了一顿饭。

Denn zu dieser Zeit schliefen die Eltern auch eine Weile.

因为那时父母也睡了一会儿。

Und das Dienstmädchen wurde von der Schwester mit einer Besorgung weggeschickt.

女佣被姐姐打发去办事了。

Sie hatten ganz sicher nicht die Absicht, Gregor verhungern zu lassen.

他们当然没有打算饿死格里高尔。

Aber sie hätten ihm auch nicht beim Essen zusehen wollen.

但他们也不想看他吃饭。

Die Angaben der Schwester reichten als Information aus.

姐姐提供的信息已经足够了。

Vielleicht war es ihre Art, den Eltern den Kummer zu ersparen.

或许这是她为了减轻父母的悲痛而采取的方式。

Sie hatten unter seinen Taten schon genug gelitten.

他们已经因他的行为遭受了太多痛苦。

Der erste Tag verblasste langsam zu einer fernen Erinnerung.

第一天的情景渐渐成为遥远的记忆。

Gregor hatte keine Möglichkeit zu erfahren, was an diesem Tag geschah.

格里高尔无从得知那天发生了什么事。

Wie wurde der Schlüsseldienstmitarbeiter aus der Wohnung geleitet?

锁匠是如何被引导出公寓的？

Mit welchen Ausreden war der Arzt schließlich zufrieden?

医生最终对哪些借口感到满意？

Er hatte keinen Weg gefunden, sich verständlich zu machen.

他找不到任何办法让别人理解他。

Es gelang ihm nicht einmal, mit seiner Schwester zu kommunizieren.

他甚至都没能和妹妹取得联系。

Und so dachten sie, er könne sie nicht verstehen.

所以他们认为他无法理解他们。

Und deshalb wurde auch kein Versuch unternommen, mit ihm zu sprechen.

因此，没有人尝试与他交谈。

Seine Schwester kam jeden Morgen und jeden Mittag in sein Zimmer.

他妹妹每天早上和中午都会进他的房间。

Doch er musste sich damit begnügen, ihre Seufzer zu hören.

但他只能听听她的叹息声。

Später gewöhnte sie sich dann doch etwas mehr an Gregors Gestalt.

后来她渐渐习惯了格里高尔的体型。

Und sie fühlte sich etwas freier, weitere Bemerkungen zu machen.

她感到自己有了更多发言的自由。

(Obwohl sie sich nie ganz an ihn gewöhnen würde.)

（尽管她永远也无法完全习惯他。）

Und dann fühlte sich Gregor wieder etwas mehr angesprochen.

然后，格里高尔感觉自己又有人跟他说话了。

Und er nahm wahr, was er als freundliche Kommentare empfand.

他还听到了一些他认为是友好的评论。

„Ihm hat das Essen heute geschmeckt" oder „Er hat alles aufgegessen".

"他今天吃得很开心"，或者"他把所有东西都吃光了"。

Das war aber erst der Fall, nachdem er sein gesamtes Essen aufgegessen hatte.

但那只是在他吃完所有食物之后的事。

Doch in letzter Zeit kam dies immer seltener vor.

但最近这种情况越来越少见了。

„Er hat sein Essen kaum angerührt", sagte sie jetzt immer öfter.

"他几乎没怎么吃东西，"她现在经常这样说。

Und jedes Mal schwang ein Hauch von Traurigkeit in ihrer Stimme mit.

而且她每次说话时，语气中都带着一丝悲伤。

Gregor konnte keine anderen Nachrichten direkter empfangen.

格雷戈尔无法更直接地听到任何其他消息。

Aber er hörte viele Neuigkeiten aus den angrenzenden Zimmern mit.

但他从隔壁房间听到了很多消息。

Als er Stimmen hörte, rannte er zur entsprechenden Tür.

他听到人声后，就跑向了相应的门。

Und er presste seinen ganzen Körper gegen die Tür, um zu hören.

他把全身贴在门上，想听清楚。

Alle Gespräche drehten sich in irgendeiner Weise um ihn.

所有谈话都或多或少与他有关。

Selbst wenn es scheinbar um etwas ganz anderes ging.

即使话题看似与此无关。

Diese Beobachtung traf insbesondere in der Anfangszeit zu.

这一点在早期尤其如此。

Bei jeder Mahlzeit wiederholten sie die gleiche Diskussion.

每顿饭他们都重复着同样的话题。

Sie waren sich noch immer unsicher, wie sie sich ihm gegenüber verhalten sollten.

他们仍然不确定该如何与他相处。

Das gleiche Thema wurde aber auch zwischen den Mahlzeiten besprochen.

但同样的话题也在两餐之间被讨论过。

Weil immer zwei Familienmitglieder zu Hause waren.

因为家里总是有两个家庭成员。

Niemand wollte allein im Haus bleiben.

谁都不愿意独自待在房子里。

Aber die Wohnung leer stehen zu lassen, kam auch nicht in Frage.

但让公寓空置也是绝对不可能的。

Das Dienstmädchen war die Einzige, die nicht an die Wohnung gebunden war.

只有女佣没有被束缚在公寓里。

Sie hatte bereits am ersten Tag darum gebeten, gehen zu dürfen.

她第一天就提出要离开。

Sie kniete nieder und flehte darum, entlassen zu werden.

她跪下来恳求被解雇。

Die Familie wusste nicht, wie viel das Dienstmädchen tatsächlich wusste.

这家人并不知道女佣究竟知道多少。

Zu diesem Zeitpunkt hatte sie nicht mehr gesehen als alle anderen.

当时她所见所闻并不比其他人多。

Was geschehen war, blieb der Familie weiterhin ein Rätsel.

对于这个家庭来说，究竟发生了什么仍然是个谜。

Doch eine Viertelstunde später verabschiedete sie sich.

但一刻钟后，她便告别了。

Und sie dankte der Familie mit Tränen in den Augen.

她含着泪向这家人道谢。

Aber eigentlich dankte sie ihnen dafür, dass sie sie freigelassen hatten.

但她其实是感谢他们释放了她。

Sie schienen ihr größte Freundlichkeit entgegengebracht zu haben.

他们似乎对她非常友善。

Sie leistete sogar einen Eid, ohne dazu aufgefordert worden zu sein.

她甚至在没有被要求的情况下发了誓。

Sie sagte, sie würde niemandem erzählen, was passiert war.

她说她不会告诉任何人发生了什么事。

Nun musste die Schwester zusammen mit ihrer Mutter kochen.

现在妹妹不得不和妈妈一起做饭了。

Das war aber keine allzu große Unannehmlichkeit.

但这其实并没有造成太大的不便。

Weil die beiden sowieso fast nichts aßen.

因为他们俩本来就几乎没吃什么东西。

Immer und immer wieder hörte Gregor dasselbe Gespräch mit.

格里高尔一次又一次地听到同样的对话。

Einer der beiden sagte dem anderen, er müsse mehr essen.

一个人告诉另一个人，他们得多吃点。

Diese Person erhielt jedoch keine Antwort von der betreffenden Person.

但那个人没有收到对方的回复。

„Danke, ich habe genug", oder etwas Ähnliches.

"谢谢，我够了。"或者类似的话。

Vielleicht tranken sie auch gar nichts mehr.

或许他们也不再喝任何东西了。

Die Schwester fragte ihren Vater oft, ob er Bier wolle.

妹妹经常问父亲要不要喝啤酒。

Und sie bot freundlicherweise an, das Bier selbst zu holen.

她热情地提出亲自去拿啤酒。

Der Vater schwieg auf ihre Bitte hin stets.

父亲始终按照她的要求保持沉默。

Die Schwester musste also einen Weg finden, jeden Zweifel auszuräumen.

所以妹妹必须想办法消除所有疑虑。

Und sie sagte, sie würde das Dienstmädchen losschicken, um Bier zu holen.

她说她会派女佣去买些啤酒。

Doch dann sagte der Vater schließlich ein lautes, deutliches „Nein".

但随后，父亲终于大声地说了一声"不"。

Das Thema, dass er ein Bier trank, wurde danach nicht mehr erwähnt.

之后，关于他喝啤酒的话题就再也没有被提及。

Er hatte die finanzielle Situation bereits zuvor erläutert.

他之前已经解释过财务状况了。

Tatsächlich sprach er schon am ersten Tag über Finanzen.

事实上，他第一天就提到了财务问题。

Er machte ihnen die Aussichten deutlich.

他让他们清楚地了解了前景如何。

Sein eigenes Unternehmen war vor etwa fünf Jahren zusammengebrochen.

他自己的公司大约五年前倒闭了。

Hin und wieder stand er auf, um den Tisch zu verlassen.

他时不时会站起来离开餐桌。

Und er ging zur Kasse seines alten Geschäfts.

然后他走到他以前店里的收银台前。

Aus Sentimentalität hatte er die Kasse aufgehoben.

他出于怀旧之情保留了收银机。

Gregor hörte, wie er ein schweres und kompliziertes Schloss öffnete.

格里高尔听到他打开一把沉重而复杂的锁。

Und er holte Quittungen und Bücher aus der Kasse.

他从收银箱里拿出收据和账簿。

Nachdem er die Gegenstände an sich genommen hatte, schloss er die Geldkassette wieder ab.

拿走物品后，他又把钱箱锁上了。

Gregor hatte seit seiner Gefangennahme keine guten Nachrichten mehr erhalten.

格里高尔自被囚禁以来，没有听到过任何好消息。

Er glaubte, das Geschäft habe seinen Vater in den Ruin getrieben.

他认为父亲的生意让他破产了。

Dieser Eindruck war Gregor vom Vater sicherlich vermittelt worden.

父亲确实给格里高尔留下了这样的印象。

Und Gregor fragte ihn nie wieder nach den Finanzen.

格里高尔再也没有问过他关于财务方面的问题。

Gregor wollte alles tun, was er konnte, um der Familie zu helfen.

格雷戈尔想尽一切办法帮助这个家庭。

Er wollte ihnen helfen, das geschäftliche Unglück zu vergessen.

他想帮助他们忘记生意上的不幸。

Der Bankrott, der zur völligen Hoffnungslosigkeit führte.

导致彻底绝望的破产。

So begann er mit einer ganz besonderen Leidenschaft zu arbeiten.

于是他开始怀着无比的热情投入工作。

Er war quasi über Nacht zum Handelsreisenden geworden.

他几乎一夜之间就成了旅行推销员。

Davor hatte er lediglich als schlecht bezahlter Angestellter gearbeitet.

在此之前，他只是个收入微薄的职员。

Nun boten sich ihm völlig andere Verdienstmöglichkeiten.

现在他有了完全不同的赚钱机会。

Erfolgreiche Verkäufe konnten sofort in Bargeld umgewandelt werden.

成功的销售可以立即转化为现金。

Das Geld wird natürlich aus seinen Provisionen ausgezahlt.

当然，这些现金是从他的佣金中支付的。

Nun konnte Gregor Geld auf den Familientisch bringen.

现在格雷戈尔能够挣钱补贴家用了。

Und sie waren erstaunt und erfreut über seinen Verdienst.

他们对他的收入感到惊讶和高兴。

Aber diese schönen Zeiten werden sich nicht wiederholen.

但那些美好的时光不会再重现了。

Sie hatten sich gerade erst an diese schönen Zeiten gewöhnt.

他们才刚刚习惯了这段美好的时光。

Jeden Zahltag nahm die Familie das Geld dankbar entgegen.

每逢发薪日，一家人都会欣然接受这笔钱。

Und Gregor war ebenso gern bereit, das Geld herauszugeben.

格里高尔也同样乐意交出这笔钱。

Doch die im Gegenzug entgegengebrachte herzliche Zuneigung erlosch allmählich.

但是，对方给予的温暖感情却渐渐消逝了。

Nur seine Schwester stand Gregor noch so nahe wie zuvor.

只有他的妹妹仍然像以前一样与格里高尔亲近。

Im Gegensatz zu Gregor hatte sie eine tiefe Wertschätzung für Musik.

与格里高尔不同，她对音乐有着深刻的欣赏。

Und sie konnte sehr berührend Geige spielen.

而且她拉小提琴拉得非常动人。

Gregor plante insgeheim, sie auf eine Musikschule zu schicken.

格里高尔暗中计划送她去音乐学校。

Er hatte noch nicht entschieden, wie er die Kosten decken würde.

他还没决定如何支付这些费用。

Aber irgendwie würde er die Kosten decken.

但他总会想办法弥补这些费用。

Gelegentlich unternahmen Gregor und seine Familie Kurztrips.

格雷戈尔和家人偶尔会进行短途旅行。

Gregor und seine Schwester sprachen oft über dieses Thema.

格里高尔和妹妹经常提起这个话题。

Es wurde aber immer nur als eine wunderbare Idee erwähnt.

但它始终只是被当作一个绝妙的想法提及而已。

Sie glaubten nicht wirklich, dass der Traum in Erfüllung gehen könnte.

他们其实并不相信这个梦想能够实现。

Und den Eltern gefielen solche fantasievollen Ambitionen nicht.

父母并不喜欢这种不切实际的抱负。

Selbst wenn das Thema ganz harmlos angesprochen wurde.

即使这个话题是出于非常无辜的目的提出的。

Gregor dachte aber weiterhin an die Musikschule.

但格里高尔仍然惦记着音乐学校的事。

Und er hatte vor, das Geschenk am Heiligabend anzukündigen.

他计划在圣诞夜宣布这份礼物。

In seinem jetzigen Zustand wäre das natürlich unmöglich.

当然，以他目前的状况，这是不可能的。

Doch solche Gedanken gingen ihm durch den Kopf.

但他的脑海中确实闪过这样的想法。

Und solche Gedanken kamen ihm, während er der Familie zuhörte.

他一边听着这家人讲述，一边想着这些事。

Manchmal war er zu müde, um ihnen weiter zuzuhören.

有时他太累了，听不下去了。

Vor Erschöpfung sank sein Kopf gegen die Tür.

他疲惫不堪，头重重地撞在了门上。

Doch er legte sofort wieder seinen Kopf gegen die Tür.

但他随即又把头靠在了门上。

Denn selbst das leiseste Geräusch war draußen zu hören.

因为外面哪怕最轻微的声响都能听到。

Und jedes Geräusch, das er machte, brachte die Familie zum Schweigen.

他发出的任何动静都会让全家人安静下来。

„Was macht er denn jetzt?", fragte der Vater die Familie.

"他现在在做什么？"父亲问家人。

Und er ging zur Tür, um nachzusehen, was das Geräusch verursachte.

于是他走到门口查看是什么声音。

Und dann wurde das unterbrochene Gespräch allmählich wieder aufgenommen.

然后，中断的谈话逐渐恢复了下来。

Was der Vater aber sagte, überraschte alle auf positive Weise.

但父亲的话却出乎所有人的意料，令人惊喜。

Gregor erfuhr nun den wahren Stand der Finanzen.

格里高尔现在终于了解了财务上的真实情况。

Trotz all des Unglücks gab es auch etwas Glück.

尽管遭遇了种种不幸，但也迎来了一些好运。

Ein kleines Vermögen aus alten Zeiten war noch vorhanden.

那里还留着以前积累的一小笔财富。

Der Vater erklärte die Dinge, musste sich aber wiederholen.

父亲解释了一番，但不得不重复好几遍。

Weil er sich eine Weile nicht mehr mit diesen Dingen befasst hatte.

因为他已经很久没有处理这些事情了。

Und weil die Mutter solche Dinge nicht verstand.

因为母亲不懂这些事。

Die Zinssätze der Bank waren etwas gestiegen.

银行的利率略有上涨。

Das unberührte Geld hatte sich stärker erhöht als erwartet.

未动用的资金增长幅度超出预期。

Darüber hinaus hatte Gregor ihnen immer seine Ersparnisse gegeben.

此外，格里高尔一直都把自己的积蓄给他们。

Er hatte nur wenige Gulden für sich behalten.

他一生中只给自己留下了寥寥几个荷兰盾。

Und sein Geld war auch noch nicht vollständig aufgebraucht.

而且他的钱也还没有完全花光。

Zusammen hatte sich dieses Geld zu einem kleinen Kapital angesammelt.

这些钱积攒起来也算是一笔小数目了。

Gregor nickte hinter seiner Tür eifrig zu der Nachricht.

门后的格里高尔听到这个消息，急切地点了点头。

Er war erfreut über diese unerwartete Vorsicht und Sparsamkeit.

他对这种出乎意料的谨慎和节俭感到欣喜。

Die überschüssigen Mittel hätten zur Tilgung der Schulden verwendet werden können.

多余的资金原本可以用来偿还债务。

Dann hätten sie dem Chef nichts mehr geschuldet.

这样一来，他们就不再欠老板任何东西了。

Und Gregor hätte schon viel früher eine neue Stelle annehmen können.

格雷戈尔本来可以更早找到新工作。

Aber so, wie der Vater es arrangiert hatte, war es jetzt viel besser.

但现在父亲的安排要好得多。

Das Geld reichte nicht ganz zum Leben von den Zinsen.

这点钱不够靠利息生活。

Und ein Teil des Geldes musste für Notfälle zurückgelegt werden.

而且必须预留一些钱以备不时之需。

Das Geld hätte nur für ein oder zwei Jahre gereicht.

这笔钱只够维持一两年的生活。

Das bedeutete, dass jemand Geld verdienen musste, damit sie leben konnten.

这意味着必须有人赚钱养活他们。

Der Vater war nicht krank und er war stark genug.

父亲身体健康，而且身体强壮。

Doch er war seit mehr als fünf Jahren arbeitslos.

但他已经失业五年多了。

Und aufgrund seines Alters hatte er kaum noch Selbstvertrauen.

而且，由于年纪大了，他几乎失去了所有自信。

Er hatte in letzter Zeit auch deutlich an Gewicht zugenommen.

他最近体重也增加了不少。

Sein Leben war stets mühsam und erfolglos gewesen.

他的一生一直艰辛而又不成功。

Und dies war der erste Urlaub, den er je verbracht hatte.

这是他有生以来的第一个假期。

Und da er nicht beschäftigt war, war er ziemlich ungeschickt geworden.

因为闲着没事干，他变得相当笨拙。

Wäre es besser, wenn die alte Mutter das Geld verdienen würde?

如果让老母亲自己挣钱，会不会更好？

Die alte Mutter, die an Asthma litt.

那位患有哮喘的老母亲。

Die alte Mutter, die Mühe hatte, die Treppe hinaufzugehen.

那位步履蹒跚、难以爬上楼梯的老母亲。

Die alte Mutter, die ihre Zeit damit verbrachte, auf dem Sofa zu liegen.

那位整天躺在沙发上的老母亲。

Die alte Mutter, die es vorzog, am Fenster zu sitzen.

那位喜欢待在窗边的老母亲。

Damit sie bei Bedarf durchatmen konnte.

这样她就能在需要的时候喘口气。

Wäre es besser, wenn die jüngere Schwester das Geld verdienen würde?

如果让妹妹挣钱，会不会更好？

Die Schwester, die mit siebzehn Jahren noch ein Kind war.

妹妹当时十七岁，还只是个孩子。

Die Schwester, die nur wenige, bescheidene Freuden hatte.

妹妹只有一些简单的快乐。

Die Schwester, die am liebsten Geige spielte.

姐姐主要喜欢拉小提琴。

Sie wusste, dass ihr bisheriger Lebensstil sehr beneidenswert war;

她知道自己以前的生活方式非常令人羡慕；

Sich schick anziehen, ausschlafen, im Haushalt helfen.

穿着得体，睡到自然醒，帮忙做家务。

Das Gespräch drehte sich oft um die Notwendigkeit, Geld zu verdienen.

谈话内容经常会转到赚钱的话题上。

Gregor war immer der Erste, der die Tür losließ.

格雷戈尔总是第一个松开门把手的人。

Das Gespräch erfüllte ihn mit Scham und Trauer.

这段对话让他羞愧难当，悲痛欲绝。

Also warf er sich auf das kühle Ledersofa.

于是他一头栽倒在凉爽的皮沙发上。

Und den Rest der Nacht verbrachte er oft auf dem Sofa.

他经常在沙发上度过余下的夜晚。

Er hat nie wirklich auf dem Sofa geschlafen, auch nicht nachts.

他从来没有真正睡在沙发上，晚上也没有。

Oft kratzte er stundenlang an dem Leder.

他常常一连几个小时不停地抓挠皮革。

Manchmal schob er den Sessel ans Fenster.

有时他会把扶手椅推到窗边。

Allein dies erforderte von seiner Seite einen erheblichen Aufwand.

单单这一点就需要他付出巨大的努力。

Der Sessel half ihm, auf die Fensterbank zu klettern.

扶手椅帮助他爬上了窗台。

Und von dort aus konnte er sich ans Fenster lehnen.

他从那里可以倚靠在窗户上。

Er empfand dabei stets ein großes Gefühl der Freiheit.

他过去常常从这样做中获得极大的自由感。

Vielleicht suchte er nach einem alten, befreienden Gefühl.

也许他是在寻找某种曾经让他感到自由自在的感觉。

Doch seine Sehkraft war nicht mehr so scharf wie früher.

但他的视力不如以前那么敏锐了。

Dinge in geringer Entfernung waren verschwommen und undeutlich.

稍远处的物体模糊不清。

Er konnte das Krankenhaus auf der anderen Straßenseite nicht mehr sehen.

他再也看不到马路对面的医院了。

Vorher hatte er den Anblick verflucht, jetzt wollte er ihn sehen.

他之前还咒骂这景色，现在却想看它了。

Er wusste, dass er in der ruhigen, städtischen Charlottenstraße wohnte.

他知道自己住在安静的都市街区夏洛滕大街。

Aber vielleicht dachte er, er blicke in die Wüste.

但他可能以为自己看到的是沙漠。

Eine Ödnis, wo grauer Himmel und graue Erde verschmolzen.

一片荒芜之地，灰色的天空与灰色的土地融为一体。

Zweimal bemerkte die aufmerksame Schwester, dass der Stuhl verschoben worden war.

细心的姐姐两次注意到椅子移动了位置。

Nachdem sie aufgeräumt hatte, schob sie den Stuhl zurück ans Fenster.

收拾完毕后，她把椅子推回窗边。

Und von nun an ließ sie sogar den Fensterflügel offen.

从那以后，她甚至连窗户都敞开着。

Gregor wünschte sich sehr, er hätte mit seiner Schwester sprechen können.

格里高尔真希望自己能和姐姐说说话。

Er wollte ihr für alles danken, was sie für ihn getan hatte.

他想感谢她为他所做的一切。

Dann hätte er ihre Dienste leichter toleriert.

那样的话，他就能更容易地容忍他们的服务了。

Doch so wie die Dinge standen, litt er darunter, dass sie ihm half.

但事实上，她的帮助反而让他吃了苦头。

Die Schwester versuchte natürlich, die Peinlichkeit zu überspielen.

当然，妹妹试图掩盖尴尬。

Und sie tat ihr Bestes, so zu tun, als ob sie sich nicht belastet fühlte.

她竭力装作不觉得负担沉重。

Natürlich musste sie das erst einmal üben.

当然，这需要她先练习一下。

Und je mehr Zeit verging, desto besser wurde sie darin.

时间越久，她就越熟练。

Gregor erhielt jedoch auch mehr Zeit, um ihr Täuschungsmanöver zu durchschauen.

但格里高尔也因此有更多的时间看穿她的伪装。

Schon das Betreten seines Zimmers durch sie war für ihn eine Tortur.

就连她走进他的房间对他来说都是一种折磨。

Kaum war sie eingetreten, rannte sie direkt zum Fenster.

她一进门就径直跑到窗边。

Sie nahm sich nicht einmal die Zeit, die Tür zu schließen.

她甚至都没来得及关门。

Normalerweise ersparte sie allen den Anblick von Gregors
Zimmer.

她通常不会让任何人看到格里高尔的房间。

Und mit hastigen Händen riss sie das Fenster auf.

她慌忙地一把拉开窗户。

Dann atmete sie wieder, als ob sie erstickt wäre.

然后她又喘了口气，仿佛刚才一直窒息着似的。

Die einströmende Luft war kalt, und sie atmete tief durch.

吹进来的空气很冷，她深深地吸了一口气。

Dennoch blieb sie noch eine Weile am Fenster stehen.

尽管如此，她还是在窗边待了一会儿。

Mit dieser Routine ängstigte sie Gregor zweimal täglich.

她每天两次用这个方法吓唬格里高尔。

Während sie im Zimmer war, zitterte er unter dem Sofa.

当她在房间里的时候，他正躲在沙发底下瑟瑟发抖。

Er wusste, dass sie ihm diese Tortur gern erspart hätte.

他知道她肯定不想让他受这种罪。

Aber sie konnte nicht in dem Zimmer sein, wenn das
Fenster geschlossen war.

但她不能待在窗户关着的房间里。

Einmal kam sie etwas früher.

有一次她提前一点到了。

Vermutlich etwa einen Monat nach Gregors Verwandlung.

大概在格里高尔变身一个月后。

Sie hatte sich ein wenig an sein neues Aussehen gewöhnt.

她已经渐渐习惯了他的新形象。

Sie hatte also keinen Grund mehr, besonders schockiert zu
sein.

所以她已经没有理由再感到特别震惊了。

Sie fand ihn immer noch regungslos aus dem Fenster
starrend vor.

她发现他仍然一动不动地望着窗外。

**Er befand sich am schrecklichsten Ort, an dem er hätte sein
können.**

他当时身处最糟糕的地方。

**Er wäre nicht überrascht gewesen, wenn sie nicht
hereingekommen wäre.**

如果她没进来，他也不会感到惊讶。

Er hinderte sie daran, das Fenster zu öffnen.

他阻止了她打开窗户。

Sie verließ schnell wieder das Zimmer und schloss die Tür.

她迅速再次离开房间，关上了门。

**Ein Fremder hätte zu allen möglichen Schlussfolgerungen
gelangen können.**

陌生人可能会得出各种各样的结论。

Vielleicht wartete er nur auf die Gelegenheit, sie zu beißen.

或许他只是在等待机会咬她。

Gregor versteckte sich natürlich sofort unter dem Sofa.

格雷戈尔当然立刻躲到了沙发底下。

**Doch er musste bis Mittag warten, bis seine Schwester
zurückkehrte.**

但他必须等到中午妹妹才能回来。

Und sie wirkte viel unruhiger als sonst.

她看起来比平时更加焦躁不安。

**Ihm wurde klar, dass der Anblick von ihm immer noch
unerträglich war.**

他意识到，看到他仍然让他难以忍受。

**Der Anblick von ihm würde für sie weiterhin unerträglich
bleiben.**

对她来说，看到他仍然是一件难以忍受的事。

**Sie konnte es wahrscheinlich nicht ertragen, auch nur einen
Teil von ihm zu sehen.**

她大概无法忍受看到他的任何部位。

Ein kleines Teil ragte immer unter dem Sofa hervor.

沙发底下总有一小部分凸出来。

Eines Tages trug er ein Bettlaken auf dem Rücken zum Sofa.

有一天，他背着床单走到沙发旁。

Er wollte verhindern, dass sie irgendetwas von ihm sah.

他不想让她看到他的任何部位。

Er richtete das Bettlaken so aus, dass er vollständig verdeckt war.

他整理好床单，把自己完全遮盖了起来。

Selbst wenn sie sich bückte, könnte sie ihn nicht sehen.

即使她弯下腰也看不到他。

Für Gregor dauerte die gesamte Arbeit mehr als drei Stunden.

整个过程格雷戈尔花了三个多小时。

Möglicherweise hielt sie das Bettlaken für überflüssig.

她可能觉得床单没必要。

Sie hätte gewusst, dass er das Bettlaken nicht wollte.

她应该知道他并不想要那张床单。

Er tat es zu ihrem Wohlbefinden und nicht für sich selbst.

他这样做是为了让她感到舒服，而不是为了自己。

Und sie hätte das Bettlaken abnehmen können, wenn sie gewollt hätte.

如果她愿意，她完全可以把床单拿掉。

Aber sie ließ das Bettlaken dort, wo Gregor es hingelegt hatte.

但她把床单留在了格里高尔放的地方。

Und Gregor glaubte sogar, einen dankbaren Blick erhascht zu haben.

格里高尔甚至觉得他捕捉到了一个感激的眼神。

Er hatte das Bettlaken vorsichtig mit dem Kopf angehoben.

他用头轻轻掀起了床单。

Er wollte herausfinden, ob seiner Schwester die Vereinbarung gefiel.

他想看看妹妹是否喜欢这样的安排。

Die ersten zwei Wochen waren für die Eltern am schwierigsten.

对父母来说，头两周是最难熬的。

Sie brachten es nicht übers Herz, hereinzukommen und ihn zu sehen.

他们实在不忍心进去见他。

Er belauschte in dieser Zeit viele ihrer Gespräche.

他当时无意中听到了他们的许多对话。

Sie nahmen alles, was die Schwester tat, voll und ganz zur Kenntnis.

他们完全认可了妹妹所做的一切。

Auch wenn sie früher oft verärgert über sie waren.

尽管他们过去常常对她感到恼火。

Weil sie ein ziemlich nutzloses Mädchen gewesen zu sein schien.

因为她看起来像个有点没用的女孩。

Nun warteten sie auf der anderen Seite des Raumes.

现在轮到他们在房间的另一边等着了。

Und sie war es, die den Raum betrat, um alles zu erledigen.

是她走进房间，做了所有的事情。

Sobald sie herauskam, wollten sie alles wissen.

她一出来，他们就想知道一切。

Sie musste ihnen genau beschreiben, wie das Zimmer aussah.

她必须把房间的实际情况告诉他们。

„Was hat Gregor gegessen? Wie hat er sich diesmal verhalten?"

"格里高尔吃了什么？他这次表现如何？"

„War vielleicht eine leichte Verbesserung zu bemerken?"

"或许有轻微的改善可以注意到吗？"

Die Mutter war übrigens tatsächlich mutiger.

顺便说一句，母亲实际上更加勇敢。

Und natürlich war es ihr eigener Sohn im Zimmer.

当然，房间里的人正是她自己的儿子。

Sie wollte Gregor eigentlich schon bald besuchen.

她其实想尽快去看望格里高尔。

Doch der Vater und die Schwester hielten sie zunächst zurück.

但父亲和姐姐一开始阻止了她。

Sie brachten sehr rationale Argumente dafür vor, dass sie nicht gehen sollte.

他们提出了非常合理的理由，劝她不要去。

Gregor hörte ihren Argumenten sehr aufmerksam zu.

格里高尔非常认真地听着他们的推理。

Und er akzeptierte die Argumentation genauso wie seine Mutter.

他和母亲一样接受了这种解释。

Später musste sie jedoch mit Gewalt zurückgehalten werden.

但后来，她不得不被强行拦住。

"Lasst mich zu Gregor hinein, er ist mein unglücklicher Sohn!"

"让我进去见格里高尔，他是我不幸的儿子！"

"Verstehst du denn nicht, dass ich ihn aufsuchen muss?"

"你不明白我必须去见他吗？"

Gregor ließ sich ebenfalls von den Argumenten seiner Mutter überzeugen.

格里高尔也被他母亲的话说服了。

Vielleicht hatte sie recht; es wäre gut, wenn sie hereinkäme.

或许她是对的；如果她能进来就好了。

Ihn jeden Tag zu besuchen, wäre viel zu viel.

每天都来看他实在太多了。

Aber ihn vielleicht einmal pro Woche zu sehen, könnte genügen.

但也许每周见他一次就足够了。

Sie versteht die Dinge vielleicht viel besser als die Schwester.

她可能比她姐姐更了解事情。

Trotz all ihres Mutes war sie doch nur ein Kind.

尽管她非常勇敢，但她终究只是个孩子。

Vielleicht war es kindliche Unbekümmertheit, die sie dazu veranlasste, diese Aufgabe anzunehmen.

或许是孩子气的鲁莽让她接受了这项任务。

Doch Gregors Wunsch, seine Mutter wiederzusehen, ging bald in Erfüllung.

但格里高尔想见母亲的愿望很快就实现了。

Tagsüber hielt sich Gregor vom Fenster fern.

白天，格里高尔总是远离窗户。

Dies tat er aus Rücksicht auf seine Eltern.

他这样做是出于对父母的考虑。

Er hatte nicht viel Platz, um auf dem Boden herumzukriechen.

他在地板上没有多少爬行的空间。

Es fiel ihm schwer, nachts still zu liegen.

他发现自己晚上很难保持静止不动。

Das Essen bereitete ihm nicht einmal mehr die geringste Freude.

进食已经无法给他带来丝毫乐趣。

Natürlich musste er sich irgendwie ablenken.

他当然得找些事情来分散自己的注意力。

Um sich die Zeit zu vertreiben, kletterte er die Wände rauf und runter.

为了打发时间，他爬上爬下地打发时间。

Und er kroch auch kopfüber an der Decke entlang.

他还倒挂着爬上了天花板。

Besonders glücklich war er, als er von der Decke hing.

他尤其喜欢吊在天花板上。

Es war etwas völlig anderes, als auf dem Boden zu liegen.

这和躺在地板上完全不同。

In dieser Position fiel ihm das Atmen deutlich leichter.

他发现这种姿势呼吸顺畅多了。

Ein leichtes, aber angenehmes Kribbeln durchfuhr seinen Körper.

一股轻微而舒适的震动传遍了他的全身。

Manchmal gab er sich seinem Glück sogar zu sehr hin.

有时他甚至过于沉浸在快乐之中。

Manchmal ließ er sich ablenken und ließ die Decke los.

他有时会分神，然后松开抓着天花板的手。

Und zu seiner eigenen Überraschung landete er wieder auf dem Boden.

令他自己都感到惊讶的是，他又落回了地面上。

Aber er hatte seinen Körper deutlich besser unter Kontrolle als zuvor.

但他现在对自己的身体控制能力比以前好多了。

So verletzte er sich nun nicht mehr bei so heftigen Stürzen.

所以他现在不会因为摔得很重而受伤了。

Die Schwester bemerkte sofort Gregors neue Freude.

妹妹立刻察觉到格里高尔脸上露出了新的笑容。

Und dort, wo er gekrochen war, waren Klebstoffreste zu sehen.

他爬行过的地方还有粘合剂的痕迹。

Auch hier dachte die Schwester an Gregors Wohlbefinden.

姐姐又开始担心格里高尔的身体状况了。

Vielleicht würde er mehr Platz zum Herumkriechen begrüßen.

或许他会更喜欢有更多空间爬来爬去。

Und der Gedanke hatte sich fest in ihrem Kopf verankert.

这个想法在她脑海中根深蒂固。

Einige der großen Möbelstücke behinderten seine Bewegungsfreiheit.

一些大型家具阻碍了他的自由活动。

Da er nicht mehr arbeitete, brauchte er den Schreibtisch nicht mehr.

他已经不工作了，所以不再需要那张桌子了。

Und die Schachtel nahm auch mehr Platz ein als nötig. ***

而且这个盒子占用的空间也比实际需要的要多。

Die Schwester war nicht in der Lage, diese Dinge allein zu bewegen.

姐姐一个人搬不动这些东西。

Natürlich wagte sie es nicht, den Vater um Hilfe zu bitten.

她当然不敢向父亲求助。

Das Dienstmädchen hätte ihr sicherlich auch nicht geholfen.

女佣也肯定不会帮她。

Das neue Dienstmädchen war tatsächlich ein Jahr jünger als sie.

新来的女佣实际上比她小一岁。

Sie hatte mutig die Rolle der ehemaligen Magd übernommen.

她勇敢地扮演了前女佣的角色。

Doch ein Privileg wollte sie unbedingt haben.

但她坚持要享有一项特权。

Sie wollte die Küche stets verschlossen halten.

她想一直把厨房锁上。

Daher blieb der Schwester nichts anderes übrig, als ihre Mutter zu fragen.

所以妹妹别无选择，只好去问妈妈。

Unter Freudenschreien kam die Mutter herbei, um zu helfen.

母亲带着激动的喜悦喊叫着过来帮忙。

Doch an der Tür zu Gregors Zimmer verstummte sie.

但她在格雷戈尔的房门口沉默了。

Die Schwester überprüfte, ob im Zimmer alles in Ordnung war.

姐姐检查了房间里的一切是否安好。

Gregor hatte das Bettlaken hastig noch straffer gezogen.

格里高尔慌忙地把床单拉得更紧了。

Obwohl das Bettlaken immer noch willkürlich angeordnet aussah.

虽然床单看起来仍然杂乱无章。

Erst dann ließ sie ihre Mutter ins Zimmer.

直到那时，她才允许母亲进房间。

Gregor verzichtete auch darauf, unter dem Laken hervorzuspähen.

格里高尔也没有躲在被子底下偷窥。

Er beschloss, diesmal auf einen Besuch bei seiner Mutter zu verzichten.

他决定这次不去看望母亲了。

Gregor war schon froh genug, dass sie überhaupt gekommen war.

格里高尔很高兴她能进来。

„Komm herein, du kannst ihn nicht sehen", sagte die Schwester.

"进来吧，你看不见他，"姐姐说。

Gregor nahm an, dass sie ihre Mutter an der Hand führte.

格里高尔以为她是牵着母亲的手。

Dann hörte er, wie die beiden schwachen Frauen die Möbel verrückten.

然后他听到两个虚弱的女人在搬动家具。

Die Schwester schien den größten Teil der Arbeit für sich zu beanspruchen.

妹妹似乎把大部分工作都揽到了自己身上。

Ihre Mutter befürchtete, sie würde sich überanstrengen.

她母亲担心她会过度劳累。

Doch die Schwester schenkte diesen Warnungen keine Beachtung.

但妹妹对这些警告置若罔闻。

Doch auch nach fünfzehn Minuten ging es nur sehr langsam voran.

但即使过了十五分钟，进展仍然非常缓慢。

Es war ihnen nicht gelungen, die Möbel weit zu bewegen.

他们没能把家具搬得很远。

Langsam beschlich sie ein Gefühl der Niederlage.

他们渐渐开始感到挫败。

Die Mutter war die Erste, die die Sinnlosigkeit eingestand.

母亲最先承认这是徒劳的。

"Vielleicht wäre es besser, die Schachtel hier zu lassen."

"或许最好把盒子留在这里。"

„Die Kiste ist zu schwer, als dass wir sie noch viel weiter bewegen könnten."

"这个箱子太重了，我们搬不动了。"

„Und wir werden nicht fertig sein, bevor dein Vater eintrifft."

"在你父亲到来之前，我们不会结束的。"

„Wenn wir die Kiste hier lassen würden, würde das seinen Weg nur noch mehr versperren."

"把盒子留在这里会更加阻碍他的去路。"

Und können wir sicher sein, dass wir ihm damit einen Gefallen tun?

"我们能确定我们是在帮他吗？"

Sie begannen zu glauben, dass das Gegenteil durchaus der Fall sein könnte.

他们开始觉得，事实可能恰恰相反。

Der Anblick der leeren Wand lastete schwer auf ihrem Herzen.

空荡荡的墙壁让她心头沉甸甸的。

Was spricht dagegen, dass Gregor das auch so empfinden würde?

谁又能说格里高尔不会有这种感觉呢？

„Er hat sich bereits an die Möbel in seinem Zimmer gewöhnt.“

他已经习惯了房间里的家具。

„In einem leeren Zimmer könnte er sich noch verlassener fühlen.“

"他待在空荡荡的房间里，可能会感到更加孤单。"

Ihre Stimme war inzwischen fast zu einem Flüstern gesunken.

这时她的声音几乎低到了耳语的程度。

Sie wusste tatsächlich nicht, wo sich Gregor genau aufhielt.

她其实并不知道格里高尔的确切下落。

Sie wollte nicht einmal, dass er ihre Stimme hörte.

她甚至不想让他听到她的声音。

Obwohl sie sich sicher war, dass er sie nicht verstand.

尽管她确信他并不理解她。

„Würde es nicht so aussehen, als hätten wir ihn völlig aufgegeben?“

"那岂不是说我们已经彻底放弃他了？"

"Wird er nicht das Gefühl haben, dass wir ihn mit der Situation allein lassen?"

"他不会觉得我们把他一个人丢下不管吗？"

„Wir sollten den Raum genau so verlassen, wie er war.“

"我们应该保持房间原样离开。"

„Irgendwann wird Gregor zu uns zurückkehren, so wie er war.“

"格里高尔最终会像以前一样回到我们身边。"

„Dann wird er feststellen, dass alles noch an seinem Platz ist."

"然后他会发现一切都还在原位。"

„Und er wird die Übergangszeit viel leichter vergessen."

"而且他会更容易忘记那段过渡时期。"

Als Gregor diese Worte hörte, begriff er etwas.

格里高尔听到这些话后，意识到了一件事。

Sein Verstand war in den letzten zwei Monaten verwirrt worden.

过去两个月里，他的思维变得混乱。

Der Mangel an menschlicher Interaktion hatte ihm nicht gutgetan.

缺乏人际交往对他来说并不好。

Er brauchte das eintönige Leben im Kreise seiner Familie wirklich.

他确实需要和家人一起过那种单调的生活。

Warum sonst hätte er eine solch unsinnige Forderung gestellt?

否则他为什么会提出如此荒谬的要求？

Welchen Sinn sollte es denn haben, sein Zimmer zu räumen?

他清空房间究竟有什么意义呢？

Das gemütliche Zimmer war mit geerbten Möbeln eingerichtet.

舒适的房间，摆放着祖传的家具。

Warum sollte er diese bekannte Wärme in eine Höhle verwandeln wollen?

他为什么要把这熟悉的温暖变成一个洞穴呢？

Eine Höhle, in der er ungestört in alle Richtungen kriechen konnte.

一个他可以安心地向各个方向爬行的山洞。

Doch in einer Höhle vergaß er rasch seine menschliche Vergangenheit.

但他在一个山洞里迅速忘记了自己的人类过去。

Er fragte sich, ob er schon kurz davor war, alles zu vergessen.

他不禁怀疑自己是不是已经快要忘记了。

Die Stimme seiner Mutter hatte ihn aufgerüttelt und seine Erinnerung wachgerufen.

母亲的声音唤醒了他的记忆。

Die Stimme, die er so lange nicht gehört hatte.

这是他很久以来都没有听到的声音。

Nichts durfte entfernt werden; alles musste bleiben.

任何东西都不能移除；所有东西都必须保留。

Die Möbel wirkten sich positiv auf seinen Zustand aus.

家具确实对他的病情产生了积极影响。

Und ohne diesen Anker zur Vergangenheit konnte er nicht zurechtkommen.

没有了这份与过去的联系，他就无法生活下去。

Die Möbel hinderten ihn daran, sinnlos herumzukriechen.

家具挡住了他无意识地爬来爬去的路。

Das war aber kein Verlust, sondern vielmehr ein großer Vorteil.

但这并非损失，而是一项巨大的优势。

Leider hatte die Schwester eine ganz andere Meinung.

可惜的是，妹妹却持完全不同的意见。

Sie war gewissermaßen zu einer Sprecherin Gregors geworden.

她在某种程度上成了格雷戈尔的代言人。

Natürlich war ihre Meinung nicht völlig unberechtigt.

当然，她的观点并非完全没有道理。

Doch der Meinung ihrer Mutter musste hier widersprochen werden.

但她母亲的观点在这里必须被驳斥。

Es war nicht nur die Kiste, die nun entfernt werden musste.

现在需要搬走的不仅仅是那个箱子。

Sein Schreibtisch und der Kleiderschrank konnten ebenfalls nicht bleiben.

他的书桌和衣柜也不能留下来。

Das Einzige, was unverzichtbar war, war das Sofa.

唯一必不可少的就是那张沙发。

Sie hat diese Entscheidung nicht aus kindischem Trotz getroffen.

她做出这个决定并非出于孩子气的叛逆。

Es lag auch nicht an ihrem erst kürzlich gewonnenen Selbstvertrauen.

也不是她最近才获得的自信。

Das neue Selbstvertrauen, das sie hatte, trieb sie an, so hart für den Sieg zu arbeiten.

她重拾了自信，努力拼搏，最终赢得了比赛。

Auch wenn niemand erwartet hatte, dass sie dazu in der Lage sein würde.

尽管没有人预料到她能做到。

Gregor brauchte tatsächlich viel Platz zum Kriechen.

格雷戈尔确实需要很大的爬行空间。

Die Möbel schränkten den ihm zur Verfügung stehenden Raum zusätzlich ein.

家具限制了他可用的空间。

Sie konnte diese Dinge besser sehen als die Mutter.

她比母亲看得更清楚这些事情。

Aber vielleicht spielte auch ihre romantische Ader eine Rolle.

但或许她浪漫的天性也发挥了作用。

Mädchen in diesem Alter entwickeln oft eine gewisse Begeisterung.

那个年龄段的女孩往往会产生某种热情。

Und sie verspüren das Bedürfnis, ihren Willen durchzusetzen, wann immer es ihnen möglich ist.

他们总想方设法要达到自己的目的。

Vielleicht wollte sie ihn deshalb heimlich sabotieren.

或许这就是她想暗中破坏他计划的原因。

Noch furchterregender ist er, wenn er an den Wänden entlangkriecht.

他爬墙的时候更可怕。

Die Eltern trauten sich nicht mehr, das Zimmer zu betreten.

父母再也不敢进那个房间了。

Sie wäre tatsächlich die alleinige Betreuerin ihres Bruders.

她将成为她弟弟唯一的监护人。

Sie ließ sich von ihrer Mutter nicht umstimmen.

她没有听从母亲的劝告。

Gregors Mutter fühlte sich in dem Zimmer bereits unwohl.

格雷戈尔的母亲在房间里已经感到不安了。

Sie hörte bald auf zu sprechen und half ihrer Tochter erneut.

她很快停止了说话，又去帮助女儿了。

Mit ihren letzten Kräften entfernten sie den Kleiderschrank.

他们用尽最后的力气搬走了衣柜。

Auf die Kommode konnte er verzichten.

他并不需要那个五斗橱。

Der Schreibtisch musste aber vorerst dort bleiben.

但这张桌子暂时只能留在这里了。

Während die Frauen weg waren, versuchte er, sich einen Überblick über den Raum zu verschaffen.

趁着女人们离开的时候，他试图评估一下房间的情况。

Und Gregor streckte seinen Kopf unter dem Sofa hervor.

格里高尔从沙发底下探出头来。

Er musste sehen, was er in dieser Situation tun konnte.

他必须看看自己能为解决这个问题做些什么。

Aber er war so vorsichtig und rücksichtsvoll wie möglich.

但他尽可能地谨慎周到。

Leider war es die Mutter, die zuerst zurückkehrte.

不幸的是，先回来的是母亲。

Grete war noch dabei, den Kleiderschrank im Nebenzimmer umzustellen.

格雷特还在隔壁房间搬衣柜。

Die Mutter war den Anblick Gregors jedoch nicht gewohnt.

但母亲并不习惯见到格里高尔。

Schon ein flüchtiger Blick auf ihn hätte sie krank machen können.

即使只是瞥见他一眼，也足以让她感到恶心。

Gregor eilte rückwärts zum anderen Ende des Sofas.

格里高尔赶紧向后退到沙发另一头。

Aber er konnte sich nicht zurücklehnen und das Bettlaken ausbalancieren.

但他无法后退，也无法保持床单的平衡。

Die Bewegung reichte aus, um die Aufmerksamkeit der Mutter zu erregen.

这个动作足以引起母亲的注意。

Sie hielt inne und verharrte einen kurzen Moment ganz still.

她停顿了一下，静静地站了一会儿。

Dann drehte sie sich um und verließ das Zimmer wieder.

然后她转身，走出了房间。

Gregor redete sich immer wieder ein, dass nichts Ungewöhnliches passiert sei.

格里高尔一直告诉自己，什么不寻常的事情都没发生。

„Es handelt sich lediglich um ein paar Möbelstücke, die weggebracht wurden."

“只是一些家具被搬走了。”

Doch schon bald musste er zugeben, dass ihn die Ereignisse mitgenommen hatten.

但他很快不得不承认，这些事件对他产生了影响。

Die Frauen hatten alles, was sie taten, auch gesagt.

这些女人一直把她们正在做的事情都说了出来。

Sie waren im Zimmer auf und ab gegangen.

他们一直在房间里来回走动。

Das Kratzen aller Möbelstücke auf dem Boden.

家具在地板上发出刮擦声。

Er hatte das Gefühl, von allen Seiten angegriffen zu werden.

他感觉自己四面楚歌。

Er zog Kopf und Beine so fest wie möglich an.

他拼命地把头和腿缩进身体里。

Mit aller Kraft presste er seinen Körper zu Boden.

他用尽全力将身体压在地上。

Er wusste, dass er das alles nicht mehr lange aushalten konnte.

他知道自己无法再忍受这一切太久了。

Sie räumten sein Zimmer aus und nahmen alles mit, was ihm lieb und teuer war.

他们清空了他的房间，拿走了他所有心爱的东西。

Sie hatten bereits die Kiste mit all seinen Werkzeugen mitgenommen.

他们已经拿走了装有他所有工具的箱子。

Nun lockerten sie seinen schweren Schreibtisch vom Boden.

现在他们正在把他的重型办公桌从地面上抬起来。

Der Schreibtisch, an dem er nach seiner Rückkehr von der Arbeit gearbeitet hatte.

这是他下班回家后一直在使用的桌子。

Der Schreibtisch, an dem er seine Geschäftsaufgaben erledigt hatte.

他用来撰写商务文件的桌子。

Der Schreibtisch, an dem er in der Sekundarschule seine Hausaufgaben gemacht hatte.

这是他中学时做作业用的那张桌子。

Ja, diesen Schreibtisch hatte er schon in der Grundschule.

是的，他在小学时就已经有这张桌子了。

Er hatte wirklich keine Zeit, sich von ihren guten Absichten zu überzeugen.

他实在没有时间去确认他们的善意。

Obwohl er beinahe vergessen hatte, dass sie überhaupt da waren.

虽然他几乎都忘了他们的存在。

Weil sie vor Erschöpfung still arbeiteten.

因为他们精疲力竭，所以默默地工作着。

Sie waren zu müde, um ihre Bewegungen jetzt noch bekannt zu geben.

他们太累了，现在无力宣布他们的行动。

Alles, was er hörte, waren ihre schweren Schritte auf dem Boden.

他只听到他们沉重的脚步声。

Genau in diesem Moment lehnten sie an der Kiste.

就在那时，他们正靠在箱子上。

Und da kam Gregor unter dem Sofa hervor.

就在这时，格里高尔从沙发底下钻了出来。

Er änderte viermal seine Laufrichtung.

他四次改变了跑步方向。

Er konnte sich nicht entscheiden, welcher Gegenstand zuerst gerettet werden musste.

他无法决定应该先保存哪件物品。

Plötzlich richtete sich sein Blick auf die leere Wand.

突然，他的注意力被空荡荡的墙壁吸引住了。

Alles, was sie ihm hinterlassen hatten, war das Bild der Dame im Pelzmantel.

他们留给他的只有那张身穿皮草的女士的照片。

Er kroch zu dem Bild und drückte seinen Körper an sie.

他爬到照片前，将身体贴在她身上。

Und sein Körper verdeckte vollständig das Bild.

他的身体完全挡住了照片的视线。

Das Glas stützte ihn und kühlte seinen heißen Bauch.

玻璃杯支撑着他，也缓解了他滚烫的腹部。

Dieses Foto konnte ihm nicht mehr abgenommen werden.

这张照片再也不能从他身上夺走了。

Dann wandte er den Kopf zur Wohnzimmertür.

然后他转头看向客厅门口。

Er wollte zusehen, wie die Frauen ins Zimmer zurückkehrten.

他打算看着女人们回到房间。

Und sie ruhten sich nicht lange aus, bevor sie wieder zurückkehrten.

他们没休息多久就又回来了。

Grete hatte den Arm um ihre Mutter gelegt, um ihr beim Gehen zu helfen.

格雷特搂着妈妈的肩膀，帮她走路。

„Was sollen wir denn jetzt nehmen?", fragte Grete und blickte sich um.

"我们现在该拿些什么呢？"格雷特环顾四周问道。

Genau in diesem Moment trafen sich ihre Blicke mit Gregors.

就在那一刻，她的目光与格里高尔的目光相遇了。

Trotz des Schocks behielt sie die Fassung.

尽管受到惊吓，她仍然保持了冷静。

Vermutlich nur wegen der Anwesenheit ihrer Mutter.

或许只是因为她母亲在场。

Sie neigte ihr Gesicht zu ihrer Mutter und verdeckte ihr die Sicht.

她低下头看向母亲，遮住了自己的视线。

Und dann sagte sie, zitternd und gedankenlos:

然后她颤抖着，不假思索地说：

"Kommt schon, sollten wir nicht zurück ins Wohnzimmer gehen?"

“走吧，我们是不是该回客厅了？”

Gregor konnte die Absichten der Schwester leicht verstehen.

格里高尔很容易就能理解妹妹的意图。

Ihre oberste Priorität war es, ihre Mutter in Sicherheit zu bringen.

她的首要任务是确保母亲的安全。

Aber dann wollte sie ihn von der Mauer herunterjagen.

但接下来她打算追着他从墙边下来。

„Nun, sie kann es ja versuchen!", dachte Gregor bei sich.

“嗯，她当然可以试试！”格里高尔心想。

Er behielt sein Bild fest im Blick und gab es nicht her.

他紧紧地坐在照片上，不肯松手。

Am liebsten wäre er der Schwester ins Gesicht gesprungen.

他宁愿冲到妹妹面前揍她一顿。

Doch Gretes Worte hatten ihre Mutter noch mehr beunruhigt.

但格雷特的话让她的母亲更加担心。

Sie trat beiseite, um zu sehen, was vor ihr verborgen wurde.

她侧身想看看究竟是什么被隐藏了起来。

Und sie sah den braunen Fleck auf der geblümten Tapete.

她看到了花纹壁纸上的褐色污渍。

Und sie schrie auf, noch bevor sie merkte, dass es Gregor war.

她还没意识到那是格里高尔就尖叫起来。

"Oh Gott", schrie sie mit ausgestreckten Armen.

“哦，天哪！”她张开双臂尖叫道。

Und sie sank auf die Couch, als hätte sie aufgegeben.

她瘫倒在沙发上，仿佛放弃了一切。

„Gregor!", rief die Schwester ihm mit erhobener Faust zu.

“格里高尔！”姐姐一边喊着，一边举起拳头。

Und sie warf ihm einen langen, harten und durchdringenden Blick zu.

她给了他一个漫长、犀利、意味深长的眼神。

Dies war das erste Mal, dass sie direkt mit ihm gesprochen hatte.

这是她第一次直接和他说话。

Sie rannte ins Nebenzimmer, um Riechsalz zu holen.

她跑到隔壁房间去拿醒神盐。

Sie musste ihre Mutter wieder zum Bewusstsein bringen.

她必须把母亲唤醒。

Gregor wollte helfen, er konnte das Bild später aufbewahren.

格雷戈尔想帮忙，他可以以后再保存这张照片。

Doch er war fest an der Glasscheibe festgeklebt.

但他却牢牢地粘在了玻璃上。

Deshalb musste er sich mit großer Kraft losreißen.

所以他不得不使出浑身解数才挣脱开来。

Auch er rannte in den nächsten Raum, wo sich die Schwester befand.

他也跑进了隔壁房间，妹妹就在那里。

Früher hätte er ihr vielleicht einen Rat geben können.

在过去，他或许可以给她一些建议。

Doch nun konnte er nichts anderes tun, als tatenlos zuzusehen.

但现在他只能袖手旁观，无能为力。

Sie durchwühlte die Schublade und öffnete verschiedene Flaschen.

她翻遍了抽屉，打开了各种各样的瓶子。

Und er erschreckte sie immer noch, als sie sich umdrehte.

当她转身时，他仍然吓到了她。

Eine Flasche fiel zu Boden, zerbrach und splitterte.

一个瓶子掉到地上，摔碎了，碎片四溅。

Ein Glassplitter traf Gregor im Gesicht und verletzte ihn.

一块玻璃碎片击中了格里高尔的脸，使他受伤。

Die Flasche hatte eine Art ätzende Flüssigkeit enthalten.

瓶子里装的是某种腐蚀性液体。

Und nun brannte die ätzende Flüssigkeit auf Gregors Gesicht.

现在，腐蚀性液体正在灼烧格里高尔的脸。

Die Schwester hatte jedoch im Moment keine Zeit für Gregor.

然而，妹妹现在根本没空理会格里高尔。

Sie sammelte so viele Flaschen ein, wie sie tragen konnte.

她尽可能多地捡起了瓶子。

Und sie rannte mit der Medizin zurück zu ihrer Mutter.

她拿着药跑回了妈妈身边。

Sie schlug die Tür mit dem Fuß zu und schloss Gregor aus.

她用脚猛地把门踹上，把格雷戈尔拒之门外。

Nun war er von seiner möglicherweise sterbenden Mutter abgeschnitten.

他现在与可能即将离世的母亲失去了联系。

Wenn er die Tür öffnete, würde er die Schwester verjagen.

如果他打开门，就会把妹妹赶走。

Aber natürlich musste sie bleiben, um sich um die Mutter zu kümmern.

但她当然要留下来照顾孩子的母亲。

Es gab für ihn nichts anderes zu tun, als auf sie zu warten.

他现在除了等待他们之外别无他法。

Von Selbstvorwürfen und Angst geplagt, begann er zu kriechen.

他饱受自责和焦虑的折磨，开始爬行。

Er kroch überall hin; an Wänden, Möbeln, der Decke.

他到处爬：墙壁、家具、天花板。

Er hatte das Gefühl, als würde sich der ganze Raum um ihn drehen.

他感觉整个房间都在围绕着他旋转。

Schließlich fiel er, verzweifelt und schwindlig, wieder zu Boden.

最后，他绝望而眩晕，跌倒在地。

Und er fiel direkt auf den großen Esstisch.

他直接摔倒在了餐厅的大桌子上。

Er lag eine Weile da, betäubt und unfähig sich zu bewegen.

他躺在那里好一会儿，麻木而无法动弹。

Er war erschöpft von all dem, was ihm dieser Tag gebracht hatte.

他被今天发生的一切搞得筋疲力尽。

Es herrschte ringsum Stille, aber vielleicht war das ein gutes Zeichen.

周围一片寂静，但这或许是个好兆头。

Dann zerriss das Klingeln an der Haustür die Stille.

这时，外面的门铃响了，打破了寂静。

Das Dienstmädchen hatte sich natürlich in ihrer Küche eingeschlossen.

当然，女佣把自己锁在了厨房里。

Die Schwester war also die Einzige, die die Tür öffnen konnte.

所以只有姐姐才能开门。

„Was ist passiert?", fragte der Vater als Erstes.

"发生了什么事？"父亲问的第一句话就是这个。

Gretes Erscheinung hatte ihm wahrscheinlich alles verraten.

格雷特的外表或许已经告诉了他一切。

Gretes Stimme wurde beim Sprechen gedämpft und dumpf.

格雷特说话时声音变得低沉沙哑。

Sie muss ihr Gesicht an die Brust ihres Vaters gedrückt haben.

她一定把脸贴在了父亲的胸膛上。

„Mutter war bewusstlos, aber es geht ihr jetzt besser."

"母亲当时昏迷不醒，但现在感觉好多了。"

„Gregor ist entkommen", fügte sie hinzu, was er auch erwartet hatte.

"格里高尔逃走了，"她补充道，这正合他意。

"Ich habe dir doch immer gesagt, dass er eines Tages ausbrechen würde."

"我一直都跟你说过，他总有一天会逃出去。"

„Aber ihr Frauen wolltet mir ja nicht zuhören, nicht wahr?"

"但是你们女人根本不想听我的话，对吧？"

Gregor erkannte schnell, wie sein Vater die Dinge sehen würde.

格里高尔很快就意识到他父亲会如何看待事物。

Er hatte Gretes allzu kurze Nachricht falsch interpretiert.

他误解了格雷特过于简短的信息。

Er nahm an, Gregor habe eine Gewalttat begangen.

他认定格里高尔犯下了某种暴力行为。

Gregor musste einen Weg finden, seinen Vater irgendwie zu besänftigen.

格里高尔必须想办法安抚他的父亲。

Weil er keine Zeit hatte, ihm die Dinge zu erklären.

因为他没有时间向他解释。

Aber er hätte die Dinge ohnehin nicht erklären können.

但他无论如何也无法解释清楚。

Da flüchtete er zur Tür und drückte sich dagegen.

于是他逃到门口，紧紧贴着门。

So konnte sein Vater ihn vom Vorzimmer aus sehen.

这样他父亲就能从前厅看到他了。

Und er würde erkennen, dass er die besten Absichten hatte.

这样他就能明白对方的出发点是好的。

Es war nicht nötig, ihn mit einem Besen zurückzudrängen.

完全没必要用扫帚把他推回去。

Der Vater hätte lediglich die Tür öffnen müssen.

父亲只需要打开门就行了。

Doch er hatte keine Lust, solche Feinheiten zu bemerken.

但他当时没心情注意这些细微之处。

"Da bist du ja!", rief er, sobald er eingetreten war.

"你在这儿啊！"他一进门就喊道。

Es war, als wäre er gleichzeitig wütend und glücklich.

他似乎既愤怒又高兴。

Er zog den Kopf zurück und blickte zu seinem Vater auf.

他向后仰头，看向父亲。

Er hatte sich seinen Vater nicht so vorgestellt.

他从未想过父亲会这样站在那里。

Doch in letzter Zeit hatte er eine neue Ablenkung gefunden.

但最近他找到了新的消遣方式。

Das Herumkriechen nahm nun einen großen Teil seines Tages ein.

现在，他每天的大部分时间都花在了爬行上。

Zuvor hatte er alle Neuigkeiten in der Wohnung im Blick behalten.

以前，他会关注公寓里的所有新闻。

Aber in letzter Zeit hatte er nicht mehr so genau darauf geachtet.

但他最近并没有太在意。

Er hätte auf Veränderungen vorbereitet sein müssen.

他本应做好应对变化的准备。

Aber war dieser Mann vor ihm noch der Vater?

然而，眼前这个人还是他的父亲吗？

War er noch derselbe Mann, der früher müde in seinem Bett lag?

他还是以前那个疲惫地躺在床上的人吗？

Als Gregor bereits auf Geschäftsreise war.

当时格里高尔已经出差了。

War er derselbe Mann, der ihn abends begrüßte?

他还是晚上迎接他的那个人吗？

Als er in seinem Morgenmantel in seinem Sessel saß.

当时他穿着睡袍，坐在扶手椅上。

War er derselbe Mann, der nicht aufstehen konnte, um ihn zu begrüßen?

他还是那个连起身迎接他都做不到的人吗？

So blieb er sitzen und hob freudig den Arm.

于是，他仍然坐着，举起手臂表示高兴。

War er derselbe Mann, mit dem er gelegentlich spazieren ging?

他还是以前那个偶尔和他一起散步的人吗？

In seltenen Fällen: an einigen Sonntagen im Jahr oder an Feiertagen.

极少数情况下：一年中的几个星期天，或者节假日。

War er derselbe Mann, der in seinen Mantel gehüllt herüberkam?

他还是那个裹着大衣走路的人吗？

Musste er sich langsam zwischen Mutter und ihm vorwärtsarbeiten?

他是否缓慢地艰难前行，夹在母亲和他之间？

Und sie gingen seinetwegen bereits langsam.

他们因为他的缘故，已经走得很慢了。

Doch nun stand dieser Mann stark und aufrecht.

但现在这个人却挺直了腰杆，昂首挺胸。

Er trug eine blaue Uniform mit goldenen Knöpfen.

他身穿蓝色制服，上面有金色纽扣。

Knöpfe, die die Angestellten der Bankinstitute tragen.

银行职员佩戴的纽扣。

Über dem steifen Kragen trat sein markantes Doppelkinn hervor.

在硬挺的衣领上方，他棱角分明的双下巴显露出来。

Unter seinen buschigen Augenbrauen blickten seine schwarzen Augen hervor.

他浓密的眉毛下，一双黑眼睛向外望去。

Seine Augen wirkten nun durchdringend, frisch und aufmerksam.

现在他的眼神显得锐利、清澈、机敏。

Das zuvor zerzauste weiße Haar wurde glatt gekämmt.

原本凌乱的白发被梳理整齐。

Und sein Haar hatte nun einen sorgfältigen Mittelscheitel.

他的头发现在一丝不苟地梳成了中分。

Er warf seinen Hut weg, der mit einem goldenen Monogramm verziert war.

他扔掉了帽子，帽子上绣着金色的字母组合图案。

Es handelte sich wahrscheinlich um das Monogramm der Bank, für die er arbeitete.

那很可能是他所在银行的标志。

Und der Hut landete auf dem Sofa, um später weggeräumt zu werden.

帽子落在了沙发上，打算稍后再收起来。

Er schob den Saum der langen Uniformjacke zurück.

他把长款制服外套的下摆往后捋了捋。

Und er steckte seine Daumen in die Hosentaschen.

他把大拇指插进了裤兜里。

Und dann ging er mit finsterer Miene auf Gregor zu.

然后，他面色凝重地走向格里高尔。

Er wusste wahrscheinlich selbst noch nicht, was er vorhatte.

他可能根本不知道自己打算做什么。

Dennoch hob er die Füße ungewöhnlich hoch.

但他却异常高地抬起了双脚。

Gregor staunte über die enorme Größe seiner Stiefel.

格里高尔对自己的靴子尺寸之大感到惊讶。

Doch dafür blieb wirklich keine Zeit, seine Schuhe zu bewundern.

但他实在没有时间去欣赏他的鞋子。

Der Vater hatte sich für eine sehr strenge Disziplin entschieden.

父亲决定对孩子实行非常严格的管教。

Für Gregor war nur die größtmögliche Strenge angemessen.

只有最严厉的惩罚才配适用于格里高尔。

Das wusste er vom ersten Tag seiner Verwandlung an.

从他转变的第一天起，他就知道这一点。

Er rannte zu seinem Vater und blieb stehen, als dieser stehen blieb.

他跑向他父亲，父亲停下来时，他也停了下来。

Als er sich wieder bewegte, huschte er erneut auf ihn zu.

他一动，他就又朝他跑了过去。

Der Vater hielt einen Moment inne, und Gregor tat es ihm gleich.

父亲停顿了一会儿，格里高尔也停顿了一会儿。

Und sobald sich sein Vater bewegte, stürmte er wieder vorwärts.

父亲一动，他就立刻又冲了上去。

Auf diese Weise gingen sie mehrmals im Kreis um den Raum.

他们就这样绕着房间转了好几圈。

Bislang hatte noch niemand einen entscheidenden Vorteil errungen.

目前还没有任何一方取得决定性优势。

Man konnte nicht den Eindruck einer Verfolgungsjagd gewinnen.

人们根本无法产生追逐的印象。

Weil das ganze Geschehen viel zu langsam vonstatten ging.

因为整个过程进展得太慢了。

Gregor hatte beschlossen, am Boden zu bleiben.

格里高尔决定留在地面上。

Er hätte die Wände hoch und an der Decke entlanglaufen können.

他本可以沿着墙壁和天花板奔跑。

Er wollte den Vater aber nicht unnötig provozieren.

但他不想无谓地激怒这位父亲。

Eine solche Flucht hätte besonders verwerflich erscheinen können.

这样的逃脱或许会显得格外邪恶。

Gregor räumte ein, dass diese Jagd nicht mehr lange dauern könne.

格雷戈尔承认，这场追逐不可能持续太久了。

Jeder Schritt erforderte eine Vielzahl von Bewegungen.

每一步都需要配合各种各样的动作。

Er begann bereits Atemnot zu verspüren.

他已经开始感到呼吸困难了。

Schon vorher hatte er nie absolut zuverlässige Lungen gehabt.

甚至在此之前，他的肺就从未完全可靠过。

Er taumelte dahin und sparte seine Kräfte für den Lauf.

他踉跄着向前走，把力气留到最后跑。

Er war so müde, dass er die Augen kaum noch offen halten konnte.

他累得几乎睁不开眼了。

Seine Gedanken verlangsamten sich zu sehr, um an andere Fluchtmöglichkeiten zu denken.

他的思维变得迟钝，无法想到其他逃脱方法。

Er hatte fast vergessen, dass ihm die Wände zur Verfügung standen.

他几乎忘记了墙壁可以供他利用。

Die Wände waren aber ohnehin hinter Möbeln verborgen.

但墙壁反正都被家具遮住了。

Und die Möbel wiesen zu viele Kerben und Vorsprünge auf.

而且家具上有太多凹槽和凸起。

Und dann, direkt neben ihm, rollte ein Apfel.

然后，就在他旁边，滚落着一个苹果。

Ihm wurde klar, dass der Apfel nach ihm geworfen worden sein musste.

他意识到，那苹果一定是别人扔向他的。

Doch er hatte keine Zeit zum Nachdenken, da kam schon der nächste Apfel.

但他还没来得及思考，又一个苹果就飞了过来。

Gregor erstarrte vor Schreck über die neue Strategie seines Vaters.

格里高尔对父亲的新策略感到震惊，愣在了原地。

Er konnte durch einen Fluchtversuch nichts mehr gewinnen.

他再想逃跑也得不到任何好处了。

Der Vater hatte beschlossen, ihn mit Früchten zu überhäufen.

父亲决定用水果轰炸他。

Er hatte sich die Taschen mit Obst aus der Küchenschale gefüllt.

他从厨房的水果碗里掏出东西，装满了口袋。

Ohne besonders darauf zu zielen, warf er Apfel um Apfel.

他漫不经心地扔着苹果，一个接一个地扔。

Diese kleinen roten Äpfel rollten auf dem Boden herum.

这些小红苹果在地上滚来滚去。

Wie von einem Stromschlag getroffen, stießen die Äpfel aneinander.

仿佛触电一般，苹果们互相碰撞起来。

Einer der schwach geworfenen Äpfel streifte Gregors Rücken.

其中一颗软弱无力的苹果擦伤了格里高尔的背。

Zum Glück für ihn rutschte der Apfel harmlos herunter.

幸运的是，那个苹果滑落下来，没有伤到他。

Der anschließend geworfene Apfel traf jedoch genauer.

然而，随后扔出的苹果却更精准。

Und dieser Apfel blieb tief in Gregors Rücken stecken.

这颗苹果深深地嵌进了格里高尔的背里。

Gregor wollte sich vor dem Schmerz davonreißen.

格里高尔想要摆脱痛苦。

Vielleicht ließe sich diesem neuen, unvorstellbaren Schmerz entkommen.

或许可以摆脱这种难以置信的全新痛苦。

Vielleicht würde ein Ortswechsel seine Qualen lindern.

或许换个地方能减轻他的痛苦。

Aber er fühlte sich, als wäre er am Boden festgenagelt.

但他感觉自己像被钉在了地板上一样。

Er streckte sich aus, aber nur aufgrund seiner Verwirrung.

他伸展了一下身体，但这只是因为他感到困惑。

Erst mit seinem letzten Blick sah er, wie sich die Tür öffnete.

直到最后一眼，他才看到门开了。

Die Mutter stürzte vor die schreiende Schwester hinaus.

母亲冲到尖叫的妹妹前面。

Die Schwester hatte sie ausgezogen, sodass sie nur noch ihr Hemd trug.

姐姐脱掉了她的衣服，所以她只穿着衬衫。

Sie hatte in ihrer Bewusstlosigkeit Freiraum gebraucht.

她在昏迷中需要喘息的空间。

Er sah noch, wie die Mutter auf den Vater zulief.

他仍然看到母亲向父亲跑去。

Ihre Röcke rutschten einer nach dem anderen zu Boden.

她的裙子一件接一件地滑落到地上。

Er sah, wie sie auf den Vater zuging und über ihren Rock stolperte.

他看到她走向父亲，却被裙子绊倒了。

Sie umarmte ihn und bat darum, Gregors Leben zu verschonen.

她拥抱了他，请求饶恕格里高尔的性命。

In völliger Einheit mit seinem Körper versagte auch sein Augenlicht.

与身体完全融为一体后，他的视力也丧失了。

第三部分

Gregor litt über einen Monat lang unter der schweren Verletzung.

格雷戈尔遭受重伤长达一个多月。

Der Apfel steckte fest; niemand wagte es, ihn zu entfernen.

苹果仍然嵌在里面，没有人敢把它取下来。

Der Apfel blieb als sichtbare Erinnerung in seinem Fleisch zurück.

那颗苹果还留在他的肉里，成为一个显而易见的提醒。

Der Apfel diente dem Vater aber auch als Erinnerung.

但这个苹果也提醒了父亲。

Ihm wurde klar, dass Gregor nicht wie ein Feind behandelt werden sollte.

他意识到不应该把格里高尔当作敌人对待。

Im Moment mag sein Erscheinungsbild traurig und abstoßend wirken.

他现在的外表可能既可怜又令人厌恶。

Aber dennoch war er ein Mitglied ihrer Familie.

但即便如此，他仍然是他们家庭的一员。

Der Widerwille musste überwunden und toleriert werden.

这种不情愿不得不强忍下去。

Aufgrund seiner Verletzung könnte seine Beweglichkeit für immer verloren sein.

由于受伤，他很可能永远失去行动能力。

Er kroch immer noch in seinem Zimmer herum, aber viel langsamer.

他仍然在房间里爬来爬去，但速度慢了很多。

Kriechen in irgendeiner Höhe war völlig ausgeschlossen.

在任何高度爬行都是绝对不可能的。

Gregor erhielt jedoch eine Form der Entschädigung.

但格雷戈尔确实获得了一些补偿。

Am Abend wurde ihm die Wohnzimmertür geöffnet.

晚上，有人为他打开了客厅的门。

Und er war der Ansicht, dass diese Wiedergutmachungszahlungen vollkommen angemessen seien.

他认为这些赔偿完全足够了。

Noch vor Einbruch der Dunkelheit begann er, die Tür zu beobachten.

傍晚之前，他就开始盯着门口了。

Er lag in der Dunkelheit, vom Wohnzimmer aus unsichtbar.

他躺在黑暗中，从客厅里根本看不见他。

Er konnte die ganze Familie an dem beleuchteten Tisch sehen.

他可以看到全家人都围坐在灯光璀璨的餐桌旁。

Nun durfte er ihren Gesprächen zuhören.

他现在被允许偷听他们的谈话。

Dies unterschied sich deutlich von ihrer vorherigen Vereinbarung.

这和他们之前的安排截然不同。

Die lebhaften Gespräche vergangener Zeiten waren verstummt.

过去那种热闹的谈话氛围已经结束了。

Das waren die Gespräche, nach denen er sich immer gesehnt hatte.

这正是他过去一直渴望的那种对话。

Als er allein in kleinen Hotelzimmern schlief.

当时他独自一人睡在狭小的旅馆房间里。

Als er sich in die feuchte Bettwäsche werfen musste.

他只好把自己埋进潮湿的被窝里。

Die Abende verliefen nun meist ruhig und ereignislos.

但如今的夜晚大多平静无事。

Der Vater schlief nach dem Abendessen in seinem Sessel ein.

晚饭后，父亲在扶手椅上睡着了。

Und Mutter und Schwester ermahnten einander zur Stille.

母亲和妹妹互相劝对方安静下来。

Die Mutter beugte sich weit über die Lampe und nähte Leinen.

母亲俯身靠近灯光，缝制亚麻布。

Sie entwirft jetzt Kleider für eines der Modegeschäfte.

她现在为一家时装店制作服装。

Wie Gregor hatte auch die Schwester eine Stelle als Verkäuferin angenommen.

和格里高尔一样，妹妹也找到了一份售货员的工作。

Sie lernte abends Stenografie und Französisch.

她晚上学习速记和法语。

Damit sie später vielleicht eine bessere Arbeitsstelle bekommen könnte.

这样她以后或许能找到更好的工作。

Manchmal wachte der Vater von seinem abendlichen Nickerchen auf.

有时父亲会从晚间午睡中醒来。

"Liebling, du nähst heute schon so lange!"

"亲爱的，你今天已经缝纫了这么久了！"

Er schien vergessen zu haben, dass er geschlafen hatte.

他似乎忘记了自己刚才一直在睡觉。

Doch er fiel sofort wieder in seinen Schlaf zurück.

但他随即又睡着了。

Und Mutter und Schwester lächelten einander müde an.

母亲和妹妹疲惫地对视了一眼。

Der Vater hatte eine seltsame neue Sturheit entwickelt.

父亲变得异常固执。

Selbst zu Hause weigerte er sich, seine Dieneruniform auszuziehen.

即使在家中，他也拒绝脱下仆人制服。

Und sein Morgenmantel hing nutzlos am Kleiderbügel.

他的睡袍无力地挂在衣架上。

So schlief der Vater, vollständig bekleidet, in seinem Sessel.

于是，父亲穿着整齐的衣服，睡在了扶手椅上。

Es war, als ob er immer bereit wäre, seinen Dienst zu leisten.

他仿佛随时准备为人民服务。

Als ob er nur auf die Stimme seines Vorgesetzten gewartet hätte.

仿佛他只是在等待上级的指示。

Dies führte dazu, dass seine Uniform an Sauberkeit verlor.

这导致他的制服变得不干净了。

Obwohl die Uniform auch nicht neu war, als er sie bekam.

虽然他拿到这套制服的时候，它也不是新的了。

Und die Mutter tat ihr Bestes, um die Uniform zu pflegen.

母亲尽力照料这件制服。

Gregor verbrachte ganze Abende damit, diese Uniform anzusehen.

格里高尔整晚都在盯着这套制服看。

Er beobachtete, wie der alte Mann äußerst unbequem schlief.

他看着老人睡得很不舒服。

Doch im Schlaf bemerkte er auch etwas Friedliches.

但在睡梦中，他也注意到了一些平静的事物。

Als die Uhr zehn schlug, versuchte die Mutter, ihn zu wecken.

时钟敲响十点时，母亲试图叫醒他。

Sie sprach leise und überredete ihn, ins Bett zu gehen.

她轻声细语地劝他去睡觉。

Denn auf dem Sessel zu schlafen war kein richtiger Schlaf.

因为在扶手椅上睡觉并不是真正的睡眠。

Er musste um sechs Uhr mit der Arbeit beginnen.

他六点钟就要开始工作了。

Deshalb musste er unbedingt so gut wie möglich schlafen.

所以他真的需要尽可能睡个好觉。

Doch er war von einer neuen Form der Sturheit ergriffen.

但他却被一种新的固执所控制。

Die Tatsache, dass er Diener geworden war, hatte begonnen, diese Wirkung auf ihn zu haben.

成为仆人之后，他开始有了这种变化。

Deshalb bestand er immer darauf, länger am Tisch zu bleiben.

所以他总是坚持要在餐桌旁待更久。

Obwohl er regelmäßig wieder in seinem Sessel einschlief.

虽然他经常又在椅子上睡着了。

Und er ließ sich nur mit größter Mühe bewegen.

他很难被移动。

Man musste ihm erklären, dass das Bett besser für ihn wäre.

必须有人告诉他，那张床对他来说更合适。

Mutter und Schwester mussten nachdrücklich darauf bestehen, oft mit nur wenigen Vorwarnungen.

母亲和姐姐不得不反复劝说，几乎没有任何警告。

Fünfzehn Minuten lang schüttelte er nur langsam den Kopf.

十五分钟里，他只是缓缓地摇了摇头。

Und er hielt die Augen geschlossen und weigerte sich aufzustehen.

他紧闭双眼，不肯起身。

Die Mutter zupfte sanft, aber bestimmt an seinem Ärmel.

母亲轻轻但坚定地拉了拉他的袖子。

Und sie flüsterte ihm schmeichelhafte Worte in seine müden Ohren.

她凑到他疲惫的耳边，低声说着奉承的话。

Die Schwester unterbrach ihre Arbeit, um ihrer Mutter zu helfen.

妹妹放下手头的事情去帮助母亲。

Doch keiner ihrer Versuche zeigte Wirkung beim Vater.

但他们的所有努力都未能说服父亲。

Er sank noch tiefer in seinen Stuhl, bereit zum Schlafen.

他陷进椅子里更深了，准备睡觉。

Und schließlich packten ihn die Frauen unter den Achseln.

最后，女人们抓住了他的腋下。

Er öffnete die Augen und blickte sie abwechselnd an.

他睁开眼睛，来回看着他们。

„Was für ein Leben!", klagte er beim Zubettgehen.

"这算什么生活啊，"他上床睡觉前抱怨道。

"Ist das der Frieden, der mir im Alter zuteilwurde?"

这就是我晚年所得到的平静吗？

Doch dann stützte er sich auf die beiden Frauen und stand unbeholfen auf.

但随后，他倚着两个女人，笨拙地站了起来。

Er tat so, als trüge er die schwerste Last.

他表现得好像自己肩负着最沉重的负担。

Er ließ sich von den beiden Frauen bis ans andere Ende des Raumes führen.

他任由两个女人领着他走到房间尽头。

Dort wünschte er ihnen eine gute Nacht und ging dann allein weiter.

他向他们道了晚安，然后独自继续前行。

Doch die Mutter warf hastig ihr Nähzeug hin.

但母亲却慌忙地把针线包扔在了地上。

Und auch die Schwester legte den Stift und den Notizblock beiseite.

姐姐也放下了笔和笔记本。

Und sie liefen hinter dem Vater her, um ihm weiter zu helfen.

他们跟在父亲身后，想进一步帮助他。

Wer in dieser überarbeiteten Familie hatte schon Zeit für Gregor?

在这个工作繁忙的家庭里，谁还有时间陪伴格雷戈尔？

Wer hätte ihm mehr Aufmerksamkeit schenken können als nötig?

谁会对他给予过多的关注呢？

Das Haushaltsbudget wurde zunehmend eingeschränkt.

家庭预算变得越来越紧张。

Um Geld zu sparen, mussten sie schließlich das Dienstmädchen entlassen.

最终，为了省钱，他们不得不解雇了女佣。

Sie wurde durch eine stämmige, weißhaarige Frau ersetzt.

她被一位体格健壮、头发花白的女人取代了。

Diese Frau kam jedoch nur morgens und abends.

但这位女士只在早晨和晚上来。

Und die schwerste und härteste Arbeit wurde ihr aufgehoben.

所有最繁重、最艰苦的工作都留给了她。

Alle anderen Hausarbeiten wurden von der Mutter erledigt.

其他家务活都由母亲负责。

Es kam sogar vor, dass verschiedene Familienschmuckstücke verkauft wurden.

甚至连一些家族珠宝也被变卖了。

Schmuck, den die Frauen bei Feierlichkeiten mit Freude getragen hatten.

这些首饰是女人们在庆祝活动中欣然佩戴的。

Gregor erfuhr dies in einer der allgemeinen Diskussionen.

格里高尔是从一次闲聊中得知这件事的。

Die größte Beschwerde betraf jedoch etwas anderes.

然而，最大的抱怨却是另一件事。

Die Wohnung war zu groß, aber sie konnten nicht ausziehen.

公寓太大了，但他们又搬不出去。

Es gab keine Möglichkeit, Gregor umzusiedeln.

他们不可能转移格雷戈尔的住处。

Gregor erkannte jedoch, dass es nicht nur um Rücksichtnahme ging.

但格里高尔意识到，这不仅仅是考虑的问题。

Etwas anderes hielt sie davon ab, woanders hinzuziehen.

还有别的原因阻止了他们搬到其他地方。

Er hätte problemlos in einer geeigneten Kiste transportiert werden können.

他完全可以装在合适的箱子里运送。

Ihre Gefühle völliger Hoffnungslosigkeit hielten sie zurück.

他们感到彻底绝望，这阻碍了他们的前进。

Sie wollten sich nicht eingestehen, dass sie vom Unglück getroffen worden waren.

他们不愿承认自己遭遇了不幸。

Was die Welt von armen Menschen verlangt, das haben sie erfüllt.

世界对穷人的要求，他们都做到了。

Der Vater holte dem kleinen Bankangestellten das Frühstück.

父亲给小银行职员买了早餐。

Die Mutter opferte sich für die Wäsche von Fremden auf.

这位母亲为了帮陌生人洗衣服而牺牲了自己。

Die Schwester rannte hin und her, um die Bestellungen der Kunden aufzunehmen.

妹妹来回跑着去取顾客的订单。

Aber sie hatten einfach nicht mehr die Kraft, irgendetwas weiter zu tun.

但他们实在没有力气再做下去了。

Die Wunde in Gregors Rücken schmerzte nun noch mehr.

格雷戈尔背上的伤口开始剧烈疼痛起来。

Jeden Abend brachten Mutter und Schwester den Vater ins Bett.

每天晚上，母亲和姐姐都会把父亲抱到床上。

Sie ließen ihre Arbeit liegen und setzten sich zusammen.

他们放下手中的工作，坐在一起。

Und sie rückten näher zusammen und saßen Wange an Wange.

于是他们靠得更近了，脸贴着脸坐了下来。

Die Mutter zeigte auf das Zimmer, von dem aus er zusah.

母亲指着他观看的房间。

"Würdest du die Tür schließen?", fragte sie die Schwester.

她问妹妹："请你把门关上好吗？"

Und dann war Gregor wieder allein in der Dunkelheit.

然后，格里高尔又一次独自一人留在了黑暗中。

Und im Nebenzimmer vermischten die Frauen ihre Tränen.

隔壁房间里，女人将她们的眼泪混在了一起。

Oder sie saßen mit trockenen Augen da und starrten einfach nur auf den Tisch.

或者他们面无表情地坐在那里，只是盯着桌子。

Gregor schlief kaum, weder nachts noch tagsüber.

格里高尔几乎彻夜未眠，白天也好，晚上也好。

Er dachte oft darüber nach, wie er der Familie helfen könnte.

他经常想着自己能如何帮助这个家庭。

Er dachte darüber nach, das Geld wieder für sie zu verdienen.

他想着要再次挣钱养家。

Er dachte darüber nach, das zu tun, was er früher für sie getan hatte.

他想着要不要像以前那样为他们做点什么。

In seinen Gedanken erschien der Bevollmächtigte wieder.

他脑海中浮现出授权代表回来的画面。

Und dieses Mal kam auch der Chef in die Wohnung.

这次老板也来了公寓。

Und die Angestellten und die Lehrlinge waren auch da.

职员和学徒们也都在场。

Sogar der etwas begriffsstutzige Büroangestellte kam, um ihn zu sehen.

就连反应迟钝的办公室职员都来看他了。

Es waren zwei oder drei Freunde aus anderen Branchen dabei.

还有两三个来自其他公司的朋友。

Eine der Zimmermädchen aus einem Hotel in der Provinz.

一位来自外省酒店的客房服务员。

Eine kostbare und flüchtige Erinnerung, an der er festzuhalten versuchte.

他试图留住一段美好而短暂的回忆。

Eine Kassiererin aus einem Hutgeschäft, für die er Absichten hatte.

他曾对一家帽子店的收银员有过一段情。

Doch er war etwas zu langsam gewesen, um ihre Zustimmung zu gewinnen.

但他赢得她的认可还是慢了一点。

Sie alle tauchten in seinen Gedanken auf, vermischt mit Fremden.

他们都出现在他的脑海中，与陌生人混杂在一起。

Und andere erschienen nicht; sie waren bereits vergessen.

还有一些人没有出现；他们已经被遗忘了。

Aber sie halfen weder ihm noch seiner Familie.

但他们既没有帮助他，也没有帮助他的家人。

Sie waren unzugänglich, und er war froh, als sie weg waren.

他们遥不可及，他们离开时他很高兴。

Er war nicht immer in der Stimmung, sich Sorgen um die
Familie zu machen.

他并非总是有心情去关心家人。

Und er war voller Wut über die mangelnde
Aufmerksamkeit.

他因为无人关注而怒火中烧。

Und er konnte sich nichts vorstellen, worauf er Appetit
hätte.

他想象不出自己会对什么东西有胃口。

Doch er schmiedete trotzdem Pläne, in die Speisekammer
einzubrechen.

但他仍然计划闯入食品储藏室。

Und er würde sich alles nehmen, was ihm zustand.

他要拿回他应得的一切。

Die Schwester bemühte sich nicht mehr besonders um ihn.

姐姐不再对他格外殷勤了。

Sie verschwendete keine Zeit mehr damit, darüber
nachzudenken, wie sie ihm gefallen könnte.

她不再花时间想着如何取悦他。

Vor der Arbeit schob sie schnell etwas zu essen ins Zimmer.

上班前，她匆匆忙忙地把一些食物推进了房间。

Und am Abend kehrte sie die Essensreste schnell wieder
zusammen.

晚上，她又迅速地把食物扫了回去。

Ob er gegessen hatte oder nicht, bemerkte sie nicht mehr.

她不再在意他是否吃过东西了。

In den meisten Fällen blieb das Essen nun unberührt.

现在，食物往往一口都没动。

Abends huschte sie immer noch schnell durch den Raum.

晚上她依然迅速地扫视着房间。

Doch nun tat sie nur das Nötigste, und zwar so schnell wie
möglich.

但现在她只做了最少的工作，而且速度越快越好。

An den Mauern zogen sich Spuren von Schmutz entlang.

墙上留下了道道污渍。

Auf dem Boden lagen Staub- und Müllklumpen.

地板上散落着一团团灰尘和垃圾。

Gregor missbilligte ihre Nachlässigkeit.

格里高尔对她缺乏细心表示不满。

Er drehte sich in einem besonders markanten Winkel.

他以一个非常特殊的角度转过身。

Aber er hätte wochenlang in dieser Position bleiben können.

但他本可以在这个位置上待上好几个星期。

Seine Schwester hätte seine Unzufriedenheit nicht bemerkt.

他的妹妹不会注意到他的不满。

Sie sah den Dreck genauso gut wie er, wenn nicht sogar besser.

她对污垢的观察和他一样清楚，甚至可能更清楚。

Aber sie hatte beschlossen, den Dreck dort zu lassen, wo er war.

但她决定把泥土留在原地。

Damals entwickelte sie eine völlig neue Sensibilität.

那时她培养了一种全新的感性。

Sie hatte es sich zur Aufgabe gemacht, Gregors Zimmer zu reinigen.

她把打扫格里高尔的房间当成了自己的责任。

Die Familie war von ihrer freundlichen Rücksichtnahme sehr berührt.

她的善良体贴深深感动了全家人。

Einst hatte die Mutter sein Zimmer gründlich gereinigt.

有一次，母亲彻底打扫了他的房间。

Erst nachdem sie mehrere Eimer Wasser verbraucht hatte, gelang es ihr.

她用了好几桶水才成功。

Die neu aufgetretene Feuchtigkeit im Zimmer schadete Gregor jedoch.

然而，房间里新出现的潮湿环境却伤害了格里高尔。

Und er lag breitbeinig, verbittert und regungslos auf dem Sofa.

他双腿大张，面色阴沉，一动不动地躺在沙发上。

Doch das war nur ihre erste Strafe für ihre Hilfeleistung.

但这只是她因帮忙而受到的第一次惩罚。

Die Schwester bemerkte schnell die Veränderung in Gregors Zimmer.

妹妹很快注意到格里高尔房间的变化。

Und sie rannte, zutiefst beleidigt, ins Wohnzimmer.

她气愤地跑进客厅。

Ihre Mutter hob die Hände und versuchte, sie zu beschwören.

她母亲举起双手，试图恳求她。

Doch trotz einer aufrichtigen Erklärung brach sie in Tränen aus.

尽管她做出了真诚的解释，但她还是嚎啕大哭起来。

Der Vater erschrak natürlich und fuhr aus seinem Stuhl hoch.

父亲当然被吓得从椅子上跳了起来。

Und die beiden Eltern schauten fassungslos und hilflos zu.

两位家长在一旁看着，既震惊又无助。

Und schließlich gerieten auch ihre Gefühle in Aufruhr.

最终，他们的情绪也变得激动起来。

Der Vater warf der Mutter vor, was sie getan hatte.

父亲责备母亲所做的事。

"Du hättest das Zimmer Grete zum Putzen überlassen sollen."

“你应该把房间留给格蕾特打扫。”

Grete schrie die Mutter an, weil sie sein Zimmer aufgeräumt hatte.

格雷特冲着打扫他房间的妈妈大喊大叫。

„Du darfst sein Zimmer nie wieder putzen!"

你以后永远都不准再打扫他的房间了！

Die Mutter versuchte, den Vater ins Schlafzimmer zu zerren.

母亲试图把父亲拖进卧室。

Die Schwester blieb zitternd und schluchzend im Zimmer zurück.

妹妹被独自留在房间里，浑身颤抖，哭泣不止。

Und sie hämmerte mit ihren kleinen Fäustchen auf den Tisch.

她用小拳头捶打着桌子。

Und Gregor zischte sie alle lautstark vor Wut an.

格里高尔愤怒地冲着他们所有人发出嘶嘶声。

Warum war niemand auf die Idee gekommen, ihm die Tür zu schließen?

为什么没有人想到要帮他关上门？

Sie hätten ihm diesen Anblick und Lärm ersparen können.

他们本可以让他免受这些景象和噪音的侵扰。

Die Schwester war erschöpft, als sie von der Arbeit nach Hause kam.

姐姐下班回家后筋疲力尽。

Und die Betreuung von Gregor bedeutete für sie noch mehr Arbeit.

照顾格里高尔对她来说更是难上加难。

Das bedeutete aber nicht, dass die Mutter es hätte tun sollen.

但这并不意味着母亲就应该这样做。

Gregor hingegen sollte nicht vernachlässigt werden.

另一方面，格里高尔则不应被忽视。

Aber jetzt hatten sie ein neues Dienstmädchen, das solche Dinge tun konnte.

但现在他们有了个新女佣，可以做这些事了。

Eine ältere Witwe mit kräftigem Knochenbau.

一位骨骼强健的老寡妇。

Eine Statur, die ihr half, ihr schwieriges Leben zu überstehen.

正是这份高贵的气质帮助她在艰难的生活中生存了下来。

Sie hatte keine wirkliche Abneigung gegen Gregors Erscheinung.

她对格里高尔的外貌并没有真正的反感。

Sie hatte versehentlich die Tür zu Gregors Zimmer geöffnet.

她不小心打开了格雷戈尔房间的门。

Es geschah nicht aus besonderer Neugierde bezüglich des Zimmers.

并非出于对房间的特别好奇。

Sie tat lediglich ihre Arbeit und öffnete dabei zufällig die Tür.

她当时只是在做她的工作，碰巧打开了门。

Gregor war natürlich völlig überrascht von ihr.

当然，格里高尔对她感到非常惊讶。

Er wurde nicht verfolgt, aber er rannte hin und her.

他并没有被追赶，但他来回跑动。

Und sie verschränkte einfach die Arme und sah ihm beim Krabbeln zu.

她只是抱起双臂，看着他爬行。

Seitdem hat sie ihm immer einen Spaltbreit die Tür geöffnet.

从那以后，她总是会给他留一条缝隙。

Eines Morgens schaute sie nach ihm, um zu sehen, wie es ihm ging.

一天早上，她进去看了看他的情况。

Und am Abend sah sie nach ihm, bevor sie ging.

晚上她离开前还去看望了他。

Zuerst versuchte sie auch, ihn zu sich zu rufen.

起初她还试图叫他过来。

„Komm her, du alter Mistkäfer!", pflegte sie zu sagen.

"过来，老粪金龟！"她过去常这样说。

Oder sie sagte freundlich: „Schau dir den alten Mistkäfer an!"

或者她友好地说："看，那只老粪金龟！"

Gregor reagierte nie darauf, wenn man so mit ihm sprach.

格里高尔对别人那样跟他说话从来没有回应过。

Er blieb stehen, ohne sich zu rühren, und ignorierte sie.

他一动不动地站在那里，对她不理不睬。

„Wenn man ihr doch nur gesagt hätte, wie man ihre Arbeit richtig macht."

"要是有人告诉她如何正确地完成工作就好了。"

„Anstatt mich zu belästigen, sollte sie lieber mein Zimmer aufräumen."

"与其来烦我，她不如去打扫我的房间。"

Eines Morgens prasselte ein heftiger Regenguss gegen die Fenster.

一天清晨，一场暴雨拍打着窗户。

Vielleicht war der Regen bereits ein Zeichen für den kommenden Frühling.

或许这场雨已经预示着春天即将到来。

Das Dienstmädchen begann wieder auf diese Weise mit ihm zu sprechen.

女仆又开始用那种方式跟他说话了。

Gregor war so verbittert, dass er sich umdrehte und ihr ins Gesicht sah.

格里高尔非常愤恨，他转过身面对她。

Er war langsam und gebrechlich, aber es war eine Art Angriff.

他行动迟缓，身体虚弱，但这算是一种攻击。

Das Dienstmädchen hingegen hatte überhaupt keine Angst vor Gregor.

然而，女仆却一点也不害怕格里高尔。

Stattdessen hob sie einen Stuhl hoch, der in der Nähe der Tür stand.

她没有搬椅子，而是搬起了门口附近的一把椅子。

Und sie stand da, ganz ruhig, mit weit geöffnetem Mund.

她站在那里，神态平静，嘴巴大张着。

Ihre Absichten waren klar, das konnte sogar Gregor erkennen.

她的意图很明确，连格里高尔都能看出来。

Und er drehte sich langsam um und kehrte zu seinem ursprünglichen Platz zurück.

他缓缓地转过身，回到了原来的位置。

"Sie wollen also nicht näher kommen, oder?"

"所以你不想再靠近了，是吗？"

Und sie stellte den Stuhl leise wieder in die Ecke.

她静静地把椅子放回角落里。

Gregor aß kaum noch etwas.

格里高尔几乎什么都不吃了。

Manchmal blieb er bei seinen Rundgängen im Zimmer stehen.

有时，他在房间里踱步时会停下来。

Und er befand sich neben dem für ihn zubereiteten Essen.

他发现自己站在为他准备的食物旁边。

Er steckte sich das Essen in den Mund, aber nur, um damit zu spielen.

他把食物放进嘴里，但只是为了玩弄它。

Und nicht selten spuckte er es nach ein paar Stunden wieder aus.

而且他经常过几个小时又把食物吐出来。

Er versuchte, einen Grund für seinen Appetitverlust zu finden.

他试图找出自己食欲不振的原因。

Vielleicht, weil er mit dem Zustand seines Zimmers unzufrieden war.

或许是因为他对自己房间的状况感到难过。

Aber er hatte sich mit den Veränderungen im Raum abgefunden.

但他已经接受了房间里的变化。

In letzter Zeit hatte sich sein Zimmer in eine Art Abstellraum verwandelt.

最近他的房间变成了储藏室。

Sie hatten sich angewöhnt, Dinge dort liegen zu lassen.

他们已经养成了把东西留在那里的习惯。

Und nun lagen noch viele solcher Dinge in seinem Zimmer.

现在他的房间里还剩下了很多这样的东西。

Weil ein Zimmer der Wohnung vermietet worden war.

因为公寓里有一间房间租出去了。

Drei ernsthafte Herren mieteten das Zimmer gemeinsam.

三位认真负责的男士合租了这间房间。

Gregor hat sie einmal durch einen Türspalt erblickt.

格里高尔有一次透过门缝看到了他们。

Sie trugen Vollbärte und waren penibel gekleidet.

他们蓄着浓密的胡须，衣着考究。

Sie achteten penibel darauf, dass alles ordentlich blieb.

他们一丝不苟地保持着整洁。

Ihr Hang zur Ordnung beschränkte sich nicht nur auf ihr Zimmer.

他们对整洁的执着并不仅限于他们的房间。

Die gesamte Wohnung musste tadellos sauber gehalten werden.

整套公寓必须保持一尘不染。

Sie legten sogar noch mehr Wert auf das Aussehen der
Küche.

他们对厨房的装修要求更高。

Und unnötigen Unrat konnten sie nicht dulden.

他们无法容忍任何不必要的杂物。

Sie hatten auch ihre eigenen Möbel mitgebracht.

他们还自带了家具。

Aus diesem Grund waren viele Dinge überflüssig
geworden.

因此，许多东西都变得多余了。

Das waren Dinge, für die niemand Geld bezahlen würde.

这些东西没人会花钱买。

Die Familie wollte diese Dinge aber auch nicht wegwerfen.

但家人也不想丢弃这些东西。

All diese Dinge landeten irgendwo in Gregors Zimmer.

这些东西最终都进了格里高尔的房间。

Der Aschenbecher aus der Küche stand nun in seinem
Zimmer.

厨房的烟灰缸现在放在他的房间里。

Und der Müll wurde bis zum Abholtag in seinem Zimmer
aufbewahrt.

垃圾一直堆放在他的房间里，直到收垃圾的日子才清理。

Das Dienstmädchen warf alles, was sie nicht brauchte, in
sein Zimmer.

女佣把她不需要的东西都扔进了他的房间。

Zum Glück sah er nichts weiter als die Hand und den
Gegenstand.

幸运的是，他只看到了那只手和那个东西。

Sie hatte wahrscheinlich vor, die Sachen später abzuholen.

她可能打算晚点再回来取那些东西。

Oder vielleicht wollte sie einfach alles auf einmal
wegwerfen.

或许她想一次性把所有东西都扔掉。

Doch alles blieb dort, wo es ursprünglich gelandet war.

然而，一切都还停留在它最初落脚的地方。

Es sei denn, Gregor bewegte den Schrott, indem er sich hindurchzwängte.

除非格雷戈尔钻过那些杂物，把它们挪开。

Zuerst musste er sich durch den ganzen Schrott hindurchkriechen.

起初他只能在垃圾堆里爬来爬去。

Es gab für ihn keine Möglichkeit, dies zu vermeiden.

他别无选择，只能这样做。

Später fand er jedoch tatsächlich Freude an dieser Tätigkeit.

但后来他却从这项活动中找到了乐趣。

Diese Anstrengung hinterließ ihn jedoch traurig und zutiefst erschöpft.

虽然这样的努力让他感到悲伤和疲惫不堪。

Und danach war er viele Stunden lang bewegungsunfähig.

之后他好几个小时都动弹不得。

Die Untermieter aßen manchmal im Wohnzimmer.

房客们有时会在客厅里吃饭。

Die Wohnzimmertür blieb an diesen Abenden geschlossen.

那些晚上，客厅的门一直关着。

Gregor hatte aber keine Schwierigkeiten, die Tür jetzt nicht zu öffnen.

但格里高尔现在毫不费力地就没开门。

Selbst wenn die Tür offen war, schaute er nicht immer hinaus.

即使门开着，他也不总是向外看。

Doch er legte sich in die dunkelste Ecke des Zimmers.

但他却躲到了房间最黑暗的角落里。

Auch der Familie fiel seine mangelnde Aufmerksamkeit nicht auf.

家人也没有注意到他注意力不集中。

Doch einmal ließ das Dienstmädchen die Tür offen.

但有一次，女佣忘记关门了。

Die Tür blieb auch dann offen, als die Mieter zurückkehrten.

即使房客回来后，门仍然敞开着。

Und die Tür war offen, als das Licht eingeschaltet wurde.

打开灯的时候，门是开着的。

Der Mann saß an dem Tisch, an dem die Familie zu Abend aß.

男人坐在家人吃饭的桌子旁。

Vater, Mutter und Gregor saßen dort in früheren Zeiten.

很久以前，父亲、母亲和格里高尔就坐在那里。

Sie entfalteten die Servietten und nahmen Messer und Gabeln.

他们展开餐巾，拿起刀叉。

Die Mutter erschien mit einer Schüssel Fleisch in der Tür.

母亲端着一碗肉出现在门口。

Dann kam die Schwester mit einer Schüssel voller Kartoffeln herein.

然后姐姐端着一碗土豆走了进来。

Die Untermieter beugten sich über die vor ihnen aufgestellten Schüsseln.

房客们弯下腰，对着摆在面前的碗吃饭。

Der dichte Rauch des Essens stieg ihnen bis in die Nasen.

食物冒出的浓烟呛得他们直冒鼻涕。

Aber sie hatten noch nicht entschieden, ob sie das Essen essen würden.

但他们还没决定是否要吃这些食物。

Vielleicht würden sie das Essen zurück in die Küche schicken.

或许他们会把饭菜送回厨房。

Der Mann in der Mitte schien die Autoritätsperson zu sein.

坐在中间的那个人看起来像是权威人士。

Er schnitt das Fleisch an, um festzustellen, ob es zart genug war.

他切开肉来判断它是否足够嫩。

Er war zufrieden mit dem Geruch und Aussehen des Essens.

他对食物的香味和色香味都很满意。

Die Mutter und die Schwester hatten sie ängstlich beobachtet.

母亲和姐姐一直焦急地看着她们。

Und sie begannen zu lächeln, begleitet von einem Seufzer der aufgestauten Erleichterung.

他们长舒一口气，脸上露出了久久的笑容。

Die Familie selbst wollte in der Küche essen.

一家人打算在厨房吃饭。

Doch zuerst ging der Vater nach den Untermietern sehen.

但父亲首先去查看了房客的情况。

Er verbeugte sich einmal und hielt dabei seine Arbeitsmütze in der Hand.

他鞠了一躬，手里拿着工作用的帽子。

Und er ging einmal im Kreis um den Tisch herum, zu jedem Gast.

他绕着桌子走了一圈，走到每位客人面前。

Die Untermieter standen alle auf und murmelten in ihre Bärte.

房客们都站了起来，对着胡须低声嘟囔着。

Nachdem er gegangen war, aßen sie in fast völliger Stille.

他离开后，他们几乎全程沉默地吃完了饭。

Gregor fand es seltsam, dass er Kaugeräusche hörte.

格里高尔觉得很奇怪，他竟然能听到咀嚼声。

Kein anderer Aspekt des Essens schien Geräusche zu verursachen.

进食过程中其他方面似乎都没有发出任何声音。

Aber er konnte deutlich hören, wie Zähne aufeinander knirschten.

但他能清楚地听到牙齿摩擦的声音。

Sie schienen ihm sagen zu wollen, dass er Zähne zum Essen brauche.

他们似乎在告诉他，他需要牙齿才能吃东西。

"Ohne Zähne im Kiefer kann man gar nichts machen."

"如果你的下巴没有牙齿，你就什么也做不了。"

„Ich möchte etwas essen", sagte Gregor ängstlich.

"我想吃点东西，"格里高尔焦急地说。

„Aber ich habe keinen Appetit auf das, was ihr alle esst."

"但我对你们吃的东西一点胃口都没有。"

„Seht euch an, wie diese Mieter essen, und ich verhungere hier."

"看看这些房客吃什么，而我却在这里挨饿。"

Gregor dachte an diesem Abend zufällig an die Geige.

那天晚上，格里高尔碰巧想到了小提琴。

Er hatte die Geige seit der Verwandlung nicht mehr gehört.

自从那次变身之后，他就再也没听过小提琴声了。

Doch dann, an diesem Abend, ertönte ein Geräusch aus der Küche.

但是，就在今天晚上，厨房里传来了一个声音。

Die Herren hatten ihr Abendessen bereits beendet.

先生们已经用完了晚餐。

Der mittlere Herr hatte begonnen, eine Zeitung zu lesen.

中间那位先生开始读报纸。

Den beiden anderen Herren hatte er jeweils ein Blatt gegeben.

他给了另外两位先生每人一张床单。

Und nun lehnten sie sich zurück, lasen und rauchten.

现在他们靠在椅背上，一边看书一边抽烟。

Als die Geige zu spielen begann, wurden sie aufmerksam.

小提琴响起时，他们都集中注意力听了起来。

Sie standen auf und gingen auf Zehenspitzen zur Tür des Vorzimmers.

他们站起身，踮着脚尖走到前厅门口。

Hier standen sie eng beieinander und lauschten an der Tür.

他们挤在一起，站在门口侧耳倾听。

Die Familie muss die Männer aus der Küche gehört haben.

家人肯定是从厨房里听到了男人的声音。

Denn der Vater rief sie und fragte sie:

因为父亲呼唤他们，问他们；

"Ist die Geige für die Herren vielleicht unbequem?"

“小提琴对先生们来说可能不太舒服吗？”

„Wenn Ihnen die Musik nicht gefällt, können wir sofort aufhören.“

“如果你不喜欢这种音乐，我们可以立刻停止。”

„Im Gegenteil“, sagte der mittlere der beiden Herren.

“恰恰相反，”中间那位先生说道。

Möchte die junge Dame in unserem Zimmer Geige spielen?

“这位小姐愿意来我们房间拉小提琴吗？”

„Hier ist es definitiv viel komfortabler und gemütlicher.“

“这里确实舒适得多。”

Der Vater antwortete, als wäre er selbst der Geiger.

父亲的回答仿佛他自己就是那位小提琴手。

"Oh bitte, das wäre wunderbar", rief der Vater.

“哦，那真是太好了！”父亲喊道。

Die Herren kehrten ins Wohnzimmer zurück und warteten.

两位先生回到客厅等候。

Bald darauf kam der Vater mit dem Notenständer ins Zimmer.

很快，父亲抱着乐谱架进了房间。

Die Mutter kam mit dem Notenbuch ins Zimmer.

母亲拿着乐谱走进了房间。

Und die Schwester kam mit der Geige ins Zimmer.

妹妹抱着小提琴走进了房间。

Sie bereitete in aller Ruhe alles vor, um Geige zu spielen.

她镇定自若地做好了演奏小提琴的一切准备。

Die Eltern übertrieben ihre Höflichkeit und ihr Benehmen.

父母们过分夸大了他们的礼貌和举止。

Sie hatten zuvor noch nie Zimmer an Untermieter vermietet.

他们以前从未将房间出租给房客。

Und sie trauten sich nicht einmal, auf ihren eigenen Stühlen zu sitzen.

他们甚至不敢坐在自己的椅子上。

Statt sich hinzusetzen, lehnte sich der Vater gegen die Tür.

父亲没有坐下，而是倚靠在门上。

Seine rechte Hand befand sich zwischen zwei Knöpfen seines Mantels.

他的右手放在外套的两颗纽扣之间。

Der Mutter wurde jedoch von einem Herrn ein Stuhl angeboten.

然而，一位绅士给这位母亲提供了一把椅子。

Aber sie setzte sich an die Stelle, wo der Herr den Stuhl hingestellt hatte.

但她还是坐在了那位先生放置椅子的地方。

Und er hatte den Stuhl nicht an einem bestimmten Ort aufgestellt.

他并没有特意把椅子放在什么地方。

So saß die Mutter abseits von allen anderen in einer Ecke.

于是，母亲独自一人坐在角落里。

Und schließlich begann die Schwester Geige zu spielen.

最后，妹妹开始拉小提琴。

Die Eltern auf den gegenüberliegenden Seiten beobachteten das Geschehen aufmerksam.

双方家长虽然分属不同阵营，但都密切关注着事态发展。

Und sie beobachteten jede Bewegung ihrer Hand genau.

他们仔细观察着她手的每一个动作。

Gregor war auch vom Geigenspiel fasziniert.

格里高尔也被小提琴演奏所吸引。

Und er wagte sich ein Stück weiter aus seinem Zimmer hinaus.

于是他冒险走出房间，又往前走了一小段路。

Er hatte den Kopf schon im Wohnzimmer.

他当时已经把头探进了客厅。

Er war stets sehr stolz darauf, besonders rücksichtsvoll zu sein.

他过去一直以自己非常体贴周到而感到自豪。

Doch in letzter Zeit hinterfragte er seine Nachlässigkeit kaum noch.

但最近他几乎没有质疑过自己的疏忽。

Auch wenn er jetzt mehr Grund hatte, sich zu verstecken als zuvor.

尽管他现在比以前更有理由躲藏起来。

Weil sein Zimmer mit Staub und allerlei Schmutz bedeckt war.

因为他的房间里满是灰尘和各种污垢。

Die geringste Bewegung wirbelte allerlei Schmutz auf.

哪怕最轻微的动静都会扬起各种各样的污秽。

Der ganze Dreck klebte an ihm: Staub, Haare, Essensreste.

他身上沾满了污垢：灰尘、毛发、食物残渣。

Er hätte den Schmutz am Teppich abreiben können.

他本可以把污垢在地毯上蹭掉。

Das tat er mehrmals täglich.

这是他过去每天都会做好几次的事情。

Doch seine Gleichgültigkeit gegenüber allem war viel zu groß.

但他对一切事物的漠不关心实在太过强烈。

Deshalb hatte er keine Angst, noch ein Stück weiterzugehen.

所以他并不害怕再向前迈进一步。

Und er betrat den makellosen Wohnzimmerboden.

然后他走到客厅一尘不染的地板上。

Doch niemand bemerkte ihn oder schenkte ihm Beachtung.

然而，没有人注意到他，也没有人理会他。

Die Familie war völlig in das Konzert vertieft.

一家人完全沉浸在音乐会中。

Die Herren hingegen zogen sich zunächst zurück.

另一方面，这些先生们最初选择了退缩。

Und sie standen dicht hinter dem Notenständer der Schwester.

他们就站在姐姐的乐谱架后面。

Wenn sie hingesehen hätten, hätten sie die Noten sehen können.

如果他们仔细看，就能看到音符了。

Dies hätte die Schwester natürlich beunruhigt.

这当然会让妹妹感到不安。

Dann blieben sie am Fenster stehen, anstatt sich hinzusetzen.

然后他们站在窗边，而不是坐下。

Mit den Händen in den Taschen redeten sie weiter.

他们双手插在口袋里，继续交谈。

Sie blieben dort, während der Vater ängstlich zusah.

他们就那样待在那里，父亲焦急地看着。

Man hatte den Eindruck, dass sie andere Erwartungen hatten.

人们感觉他们另有打算。

Und es schien wirklich so, als wären sie enttäuscht gewesen.

他们看起来确实很失望。

Es schien, als hätten sie genug von der Vorstellung.

他们似乎已经厌倦了这场表演。

Sie hatten zugelassen, dass die Geige ihren Frieden störte.

他们竟然让小提琴声打扰了他们的宁静。

Und sie tolerierten die Musik nur aus Höflichkeit.

他们只是出于礼貌才容忍这种音乐。

Besonders beunruhigend war, wie sie den Rauch wegbliesen.

他们吹散烟雾的方式尤其令人不安。

Und dennoch spielte sie so wunderschön Geige.

然而，她的小提琴拉得却那么美妙。

Ihr Gesicht war leicht zur Seite geneigt, auf der Geige.

她的脸微微侧向一边，贴着小提琴。

Ihr Blick wanderte traurig die Notenlinien entlang.

她的目光悲伤地沿着乐谱的线条搜寻着。

Gregor fühlte sich ein wenig mehr ins Wohnzimmer hineingezogen.

格雷戈尔感觉自己被客厅更吸引住了。

Er hielt den Kopf dicht am Boden, blickte aber nach oben.

他低着头，但目光却向上看去。

Vielleicht würde sich so der Blick seiner Schwester mit seinem treffen.

或许这样他就能和妹妹的目光相遇了。

Kann man wirklich sagen, dass er nur ein Tier war?

真的能说他只是个动物吗？

War er etwa ein Tier, wenn ihn Musik so fesseln konnte?

如果音乐能如此吸引他，那他是不是动物？

Er hatte das Gefühl, ihm sei ein Weg zu unbekannter Nahrung gezeigt worden.

他感觉自己仿佛被指引了一条通往未知滋养的道路。

Vielleicht war dies die Nahrung, die ihm fehlte.

或许这就是他所缺乏的营养。

Er war fest entschlossen, zu seiner Schwester zu gelangen.

他决心要找到他的妹妹。

Er wollte an ihrem Rock zupfen, um ihre Aufmerksamkeit
zu erregen.

他想拽拽她的裙子来引起她的注意。

Er wollte ihr eine Art Einladung signalisieren.

他想给她一个邀请的信号。

„Komm und spiel Geige in meinem Zimmer", wollte er
sagen.

他想说：“来我房间拉小提琴吧。”

Er wollte, dass sie für ihre wunderschöne Musik belohnt
wird.

他希望她能因其美妙的音乐而获得奖励。

"Niemand hier belohnt dich dafür, dass du Geige spielst."

“这里没有人会因为你拉小提琴而奖励你。”

Er wollte sie nicht mehr aus seinem Zimmer lassen.

他不想再让她离开他的房间了。

Er wollte, dass sie so lange bei ihm blieb, wie er lebte.

他希望她能陪伴他直到生命的尽头。

Zum ersten Mal hatte seine Verwandlung einen Vorteil.

他的转变第一次带来了好处。

Seine Missbildung würde ihm nun endlich noch von
Nutzen sein.

他的残疾最终将对他有所帮助。

Er wollte gleichzeitig an allen vier Türen sein.

他想同时出现在四个门口。

Er wollte sie von allen Seiten anfauchen und anspucken.

他恨不得从各个角度朝他们发出嘶嘶声和唾沫。

Seine Schwester sollte nicht gezwungen werden, bei ihm zu
bleiben.

不应该强迫他的妹妹和他住在一起。

Er wollte, dass sie sich freiwillig dafür entschied, bei ihm zu bleiben.

他希望她能自愿选择留在他身边。

Sie wollte sich neben ihn setzen und sich zu ihm hinunterbeugen.

她打算坐在他旁边，俯身靠近他。

Und er wollte ihr von der Musikschule erzählen.

他正打算告诉她关于音乐学校的事。

Er hatte die feste Absicht, sie auf die Akademie zu schicken.

他决心送她去那所学院。

Das hätte er allen schon letztes Weihnachten erzählt.

去年圣诞节他肯定会把这件事告诉所有人。

War Weihnachten etwa schon wieder vorbei?

圣诞节真的已经过去了吗？

Und er hätte sich von niemandem davon abbringen lassen.

他绝不会允许任何人劝阻他。

Doch dann setzte das Unglück allem ein Ende.

但随后那场不幸的意外让一切都戛然而止。

Die Schwester wäre von ihren Gefühlen überwältigt gewesen.

妹妹当时一定会情绪激动不已。

Und dann wäre Gregor bis auf ihre Schulter geklettert.

然后格里高尔就会爬到她的肩膀上。

Und er hätte sie getröstet, indem er ihren Hals geküsst hätte.

他会亲吻她的脖子来安慰她。

„Herr Samsa!", rief der Mann in der Mitte dem Vater zu.

"萨姆萨先生！"中间的男人向父亲喊道。

Er zeigte mit dem Zeigefinger nach unten auf Gregor.

他用食指指着格里高尔。

Gregor bewegte sich langsam über den Wohnzimmerboden.

格雷戈尔缓缓地穿过客厅的地板。

Das Geigenspiel verstummte sehr schnell.

小提琴声很快停止了。

Der mittlere der drei Männer lächelte seine Freunde an.

三人中的中间那人朝他的朋友们笑了笑。

Dann schüttelte er den Kopf und blickte zurück zu Gregor.

然后他摇了摇头，回头看了看格里高尔。

Der Vater hätte Gregor zurück in sein Zimmer schicken können.

父亲本可以强迫格里高尔回到他的房间。

Das war jedoch nicht die erste Maßnahme, zu der er sich entschloss.

但这并非他首先决定采取的行动。

Er hielt es für wichtiger, die Herren zu beruhigen.

他认为安抚这些先生们更为重要。

Obwohl sie von Gregor eigentlich überhaupt nicht verärgert waren.

虽然他们其实并没有因为格里高尔而感到生气。

Gregor schien unterhaltsamer als das Geigenspiel.

格雷戈尔似乎比小提琴演奏更有趣。

Er eilte mit ausgestreckten Armen auf sie zu.

他张开双臂，冲向他们。

Er gab sein Bestes, um ihren Blick auf Gregor zu verbergen.

他竭尽全力掩盖他们对格里高尔的看法。

Und er versuchte, sie zur Rückkehr in ihr Zimmer zu bewegen.

他试图劝他们回到房间里。

Das hat sie eher ein wenig verärgert.

这反而让他们有点恼火。

Es war aber schwer zu sagen, was genau sie störte.

但很难说究竟是什么惹恼了他们。

Der Vater verdarb die abendliche Unterhaltung.

父亲破坏了当晚的娱乐活动。

Aber sie hatten auch gerade erst von ihrem neuen Mitbewohner erfahren.

但他们也刚刚得知自己有了新的室友。

Sie hoben die Hände, genau wie der Vater es getan hatte.

他们像父亲一样举起了手。

Sie verlangten vom Vater eine sofortige Erklärung.

他们要求父亲立即做出解释。

Sie zupften unruhig an ihren Bärten, um eine Antwort zu bekommen.

他们焦躁地揪着胡须，想要找到答案。

Und sie bewegten sich rückwärts in ihr Zimmer, aber sehr langsam.

他们慢慢地往回走，回到了自己的房间。

Die Unterbrechung hatte die Schwester in eine Trance versetzt.

这次打断使妹妹陷入了恍惚状态。

Sie ließ Geige und Bogen an ihrer Seite herabhängen.

她任由小提琴和琴弓垂在身侧。

Und sie blickte auf die Notenblätter, als ob sie immer noch spielen würde.

她看着乐谱，仿佛还在演奏一样。

Doch dann zog sie sich plötzlich wieder ins Zimmer zurück.

但她随即又猛地回到了房间里。

Und sie hatte nun das Gefühl, verloren zu sein, überwunden.

她现在已经克服了迷茫感。

Sie legte das Musikinstrument auf den Schoß ihrer Mutter.

她把乐器放在母亲的腿上。

Die Mutter saß schwer atmend auf dem Stuhl.

母亲坐在椅子上，呼吸沉重。

Und dann musste die Schwester ins Nebenzimmer rennen.

然后妹妹不得不跑到隔壁房间去。

Sie musste alles für die Herren vorbereiten.

她得为这两位先生做好一切准备。

Sie warf die Decken und Kissen in die Luft.

她把毯子和靠垫抛向空中。

Und mit ihren geschickten Händen richtete sie die gesamte Bettwäsche her.

她用灵巧的双手整理好了所有的床铺。

Sie war schon fertig, bevor die Herren den Raum erreichten.

她完事的时候，那几位先生还没到房间。

Und sie verschwand, bevor sie ihnen in die Quere kam.

她趁他们不注意溜走了。

Der Vater schien von seiner eigenen Sturheit beherrscht zu sein.

这位父亲似乎被自己的固执所控制。

Und so vergaß er jeglichen Respekt, den er seinen Mietern schuldete.

于是，他忘记了对房客应有的所有尊重。

Er drängte und drängte, bis deren Sprecher Einspruch erhob.

他不断施压，直到对方发言人提出反对。

Als er die Tür erreichte, stampfte er wütend mit dem Fuß auf.

他走到门口时，愤怒地跺了跺脚。

Und damit brachte er den Vater zum Schweigen.

于是，他让父亲哑口无言。

„Hiermit erkläre ich", begann er sich an seinen Vermieter zu wenden.

"我在此声明，"他开始对房东说道。

Und er hob die Hand und blickte die ganze Familie an.

他举起手，环视着全家人。

„Hinsichtlich der widerlichen Zustände im Zimmer;"

"关于房间里令人作呕的状况；"

Und er sorgte dafür, dass alle seinen Worten zuhörten.

他确保所有人都认真听他讲话。

"Hiermit kündige ich meinen Auszug aus meinem Zimmer."

"我特此通知，我将腾空我的房间。"

Und er unterstrich seine Aussage zusätzlich, indem er auf den Boden spuckte.

他甚至还朝地上吐了口唾沫，以进一步表明自己的立场。

„Auch die Tage, die ich hier gelebt habe, werde ich nicht bezahlen."

"我也不会为我在这里生活的日子付出代价。"

Mit dieser Rückerstattung war er allerdings nicht ganz zufrieden.

然而，他对这笔退款并不完全满意。

„Und ich werde erwägen, weitere Forderungen an Sie zu stellen."

"我还会考虑向你提出其他要求。"

„Glauben Sie mir, solche Forderungen lassen sich sehr leicht rechtfertigen."

"相信我，这样的要求很容易就能找到理由。"

Er schwieg und blickte den Vater direkt an.

他沉默不语，直直地看着父亲。

Er schien zu erwarten, dass noch etwas passieren würde.

他似乎在期待接下来会发生什么事。

Tatsächlich hatten seine beiden Freunde sofort die gleiche Idee.

事实上，他的两个朋友也立刻想到了同样的事情。

„Wir stornieren auch unsere Zimmer", sagten sie unisono.

他们异口同声地说："我们也取消了预订。"

Dann packte er den Türgriff und schloss die Tür.

然后他抓住门把手，关上了门。

Und mit einem lauten Knall schlossen sie sich in ihrem Zimmer ein.

然后，他们砰的一声关上了门，把自己锁在了房间里。

Der Vater taumelte mit tastenden Händen zu seinem Stuhl.

父亲踉跄着走到椅子旁，双手摸索着。

Und er ließ sich besiegt in den Stuhl fallen.

他颓然地跌坐在椅子上，彻底败下阵来。

Es sah so aus, als ob er seinen üblichen Abendschlaf halten würde.

他看起来像是要像往常一样睡个午觉。

Sein Kopf nickte jedoch fast so, als ob er nicht gestützt würde.

但他的头却几乎像是没有支撑似的，不停地点着。

Und man konnte sehen, dass er überhaupt nicht schlief.

很明显，他根本没睡着。

Während all dem hatte Gregor sich nicht von der Stelle gerührt.

在这整个过程中，格里高尔始终没有离开他的位置。

Er befand sich noch immer an der Stelle, wo die Herren ihn zuerst gesehen hatten.

他仍然待在两位先生最初见到他的地方。

Selbst wenn er umziehen wollte, fand er es unmöglich.

即使他想搬家，也发现不可能。

Entweder aus Enttäuschung oder aus Hunger.

或许是因为失望，或许是因为饥饿。

Er war enttäuscht über das Scheitern seines Plans.

他的计划失败让他感到失望。

Und er war geschwächt von dem anhaltenden Hunger, den er verspürte.

他因为长期饥饿而感到虚弱。

Er war sich sicher, dass sich jeden Moment alle gegen ihn wenden würden.

他确信所有人随时都会与他反目成仇。

In Erwartung des unmittelbar bevorstehenden Zusammenbruchs wartete er.

怀着这种即将崩溃的预期，他等待着。

Die Geige begann vom Schoß der Mutter zu rutschen.

小提琴开始从母亲的腿上滑落。

Mit einem ohrenbetäubenden Geräusch fiel die Geige zu Boden.

小提琴"砰"的一声掉在了地上。

Doch selbst dieses plötzliche Krachen ließ ihn nicht erschrecken.

但就连这突如其来的巨响也没能吓到他。

„Liebe Eltern", sagte die Schwester, „so kann es nicht weitergehen."

"亲爱的父母，"妹妹说，"这样下去不能再这样下去了。"

Und um ihrer Aussage Nachdruck zu verleihen, schlug sie mit der Hand auf den Tisch.

为了强调自己的观点，她猛地一拍桌子。

"Ich werde den Namen meines Bruders vor diesem Monster nicht aussprechen."

"我不会在这个怪物面前说出我哥哥的名字。"

„Deshalb sage ich es so deutlich wie möglich:"

"所以我才尽可能直截了当地说："

„Uns bleibt keine andere Wahl, als dieses Tier loszuwerden."

"我们别无选择，只能除掉这只动物。"

„Wir haben unser Bestes getan, um dieses Tier zu tolerieren und zu pflegen."

"我们尽力包容和照顾这只动物。"

„Ich glaube nicht, dass uns irgendjemand auch nur im Geringsten die Schuld geben kann."

"我认为任何人都没有丝毫理由责怪我们。"

„Sie hat tausendfach Recht", stimmte der Vater zu.

"她说的完全正确，"父亲赞同道。

Die Mutter hatte noch immer nicht wieder richtig Luft bekommen.

母亲仍然没有完全恢复呼吸。

Sie begann dumpf in ihre Hand zu husten und atmete schwer.

她开始用手捂着嘴，发出闷闷的咳嗽声，呼吸也变得沉重起来。

Und in ihren Augen begann sich ein wahnsinniger Ausdruck abzuzeichnen.

她的眼中开始浮现出疯狂的神色。

Die Schwester eilte zu ihrer Mutter und hielt sich die Stirn.

妹妹冲到母亲身边，捂住额头。

Der Vater schien von den Worten der Schwester inspiriert zu sein.

父亲似乎被妹妹的话所感动。

Und seine Gedanken schienen klarer als zuvor.

他的思路似乎比以前更清晰了。

Er hörte auf, mit dem Kopf zu nicken, und setzte sich wieder aufrecht hin.

他停止点头，重新坐直了身子。

Und er spielte, in tiefes Nachdenken versunken, mit der Mütze seines Dieners.

他若有所思地把玩着仆人的帽子。

Die Teller der Mieter standen noch auf dem Tisch.

租户们用过的盘子还留在桌子上。

Und manchmal blickte er zu dem schweigenden Gregor hinüber.

他有时会看向沉默不语的格里高尔。

„Wir müssen versuchen, es loszuwerden", sagte die Schwester zu ihm.

"我们必须想办法摆脱它，"姐姐告诉他。

Die Mutter war zu sehr mit Husten beschäftigt, um zuzuhören.

母亲咳嗽不止，根本没听见。

„Das wird euch beide umbringen, ich sehe es schon kommen."

"这会要了你们俩的命，我已经预感到了。"

„Wir können nicht alle weiterhin so hart arbeiten wie bisher."

"我们不可能都继续像现在这样努力工作。"

„Und jeden Tag müssen wir nach Hause kommen und diese Qualen erleiden."

"我们每天都得回家面对这种折磨。"

„Wir können das nicht mehr ertragen. Ich kann das nicht mehr ertragen."

"我们再也无法忍受了。我再也无法忍受了。"

In einem letzten Tränenausbruch sank sie ihrer Mutter in die Arme.

她最后嚎啕大哭，扑进了母亲的怀里。

Die Tränen rannen ihr über das Gesicht und auf das ihrer Mutter.

泪水顺着她的脸颊滑落，滴在了她母亲的脸上。

Und mit einer mechanischen Bewegung wischte sie sich die Tränen weg.

她机械地擦掉了眼泪。

„Mein Kind", sagte der Vater mitfühlend.

"我的孩子，"父亲用充满怜悯的语气说道。

In seiner Stimme lag tiefes Mitgefühl und Verständnis.

他的声音里充满了深切的同情和理解。

„Aber was sollen wir tun?", gestand er und gab zu, es nicht zu wissen.

"可是我们该怎么办呢？"他坦言自己也不知道。

Die Schwester zuckte nur hilflos mit den Schultern.

姐姐无奈地耸了耸肩。

Und ihr anfängliches Selbstvertrauen wich erneut Tränen.

她之前的自信再次被泪水取代。

„Wenn er uns doch nur verstehen würde", sagte der Vater laut.

"要是他能理解我们就好了，"父亲自言自语道。

Und er fragte sich halb, ob Gregor es vielleicht verstanden hatte.

他不禁怀疑格里高尔是否听懂了。

Die Schwester schüttelte unter Tränen heftig die Hand.

姐姐一边哭一边用力甩着手。

Und so signalisierte sie, dass man diese Idee gar nicht erst in Erwägung ziehen sollte.

于是她示意大家不要考虑这个想法。

„Aber wenn er uns doch nur verstehen würde", wiederholte der Vater.

"可是，如果他能理解我们就好了，"父亲重复道。

Er schloss die Augen und dachte über die Antwort seiner Schwester nach.

他闭上眼睛，思考着妹妹的回答。

"Wenn er verstünde, dass eine Vereinbarung mit ihm getroffen werden könnte."

"如果他明白这一点，就可以和他达成协议。"

„Aber unter den gegebenen Umständen…"

"但鉴于目前的情况……"

„Es muss weg!", rief die Schwester, „es ist der einzige Weg."

"它必须离开，"姐姐喊道，"这是唯一的办法。"

„Du musst den Gedanken loswerden, dass es Gregor ist."

"你必须摒弃他是格里高尔的想法。"

„Dass wir das so lange geglaubt haben, ist unser eigentliches Unglück."

"我们竟然这么久都相信了这件事，这才是我们真正的不幸。
"

„Aber wie kann es Gregor sein?", fragte sie ihren Vater.

"可是怎么会是格里高尔呢？"她问父亲。

„Er wusste, dass ein solches Tier nicht mit Menschen zusammenleben kann."

"他知道这种动物无法与人类共存。"

„Gregor hätte uns schon längst freiwillig verlassen."

"格里高尔本该很久以前就自愿离开我们了。"

„Das stimmt, dann hätten wir keinen Bruder mehr."

"没错，那样的话我们就没有兄弟了。"

„Aber wir könnten weiterleben und sein Andenken ehren."

"但我们可以继续生活下去，缅怀他。"

„Aber dieses Ungeheuer verfolgt uns und vertreibt unsere Pächter."

"但这头野兽追赶我们，赶走了我们的房客。"

„Es will ganz offensichtlich die ganze Wohnung in Besitz nehmen."

"它显然想占领整套公寓。"

„Dieses Biest will, dass wir auf der Straße schlafen."

"这头野兽想让我们睡在街头。"

"Schau, Vater", rief sie plötzlich, "er bewegt sich schon wieder!"

"爸爸，你看！"她突然喊道，"他又动了！"

Und sie tat etwas, das selbst Gregor nicht verstehen konnte.

她做了一件连格里高尔都无法理解的事。

Sie stieß sich von sich selbst ab, als wolle sie die Mutter opfern.

她推开自己，仿佛要牺牲母亲一般。

Und sie rannte hinter ihrem Vater her, um sich in Sicherheit zu bringen.

她为了寻求某种安全感，就跟在父亲身后跑去。

Der Vater war nur deshalb so aufgebracht, weil seine Tochter es war.

父亲之所以焦躁不安，只是因为女儿焦躁不安。

Doch dann stand auch er auf und hob die Arme über sie.

但随后他也站了起来，举起双臂护住她。

Gregor hatte jedoch keinerlei Absicht gehabt, irgendjemanden zu erschrecken.

但格里高尔并没有想吓唬任何人。

Er hatte insbesondere nicht die Absicht, seine Schwester zu erschrecken.

他尤其没有想过要吓唬他的妹妹。

Er wollte sich gerade umdrehen und zurück in sein Zimmer gehen.

他当时只是想转身往回走。

Doch in seinem sich verschlechternden Zustand war selbst das schwierig.

但他的病情不断恶化，就连这都变得困难了。

Und er konnte seine Beine nicht mehr vollumfänglich nutzen.

而且他的双腿已经无法完全活动了。

Also benutzte er seinen Kopf, um seinen Körper anzuheben und sich umzudrehen.

于是他用头顶起身体，转过身去。

Er hielt inne und suchte in der Familie nach deren Zustimmung.

他停顿了一下，环顾四周，寻求家人的认可。

Seine guten Absichten schienen erkannt worden zu sein.

他的善意似乎得到了认可。

Seine Bewegung hatte sie nur kurzzeitig erschreckt.

他的举动只是让他们感到了一瞬间的震惊。

Nun blickten sie ihn alle in unglücklichem Schweigen an.

现在他们都沉默地、带着不安的神情看着他。

Die Mutter lag noch immer erschöpft im Sessel.

母亲仍然躺在扶手椅里，筋疲力尽。

Vater und Schwester saßen nebeneinander.

父亲和妹妹并排坐着。

»Vielleicht lassen sie mich jetzt umdrehen«, dachte Gregor.

"也许现在他们会让我转身了，"格里高尔心想。

Und er setzte seine unbeholfene Drehbewegung fort.

他继续做出那个笨拙的转身动作。

Er konnte die gelegentlichen Atemzüge der Anstrengung nicht unterdrücken.

他时不时会忍不住发出用力的喘息声。

Und er war gezwungen, zwischendurch ein paar Mal Pausen einzulegen.

他期间被迫休息了几次。

Niemand drängte ihn jetzt zur Eile; es lag ganz bei ihm.

现在没有人催他了，一切都由他自己决定。

Schließlich vollendete er die langsame und schmerzhafte Drehung.

最终，他完成了缓慢而痛苦的转弯。

Er machte sich sofort auf den Weg zurück in sein Zimmer.

他随即径直走回了自己的房间。

Er war erstaunt darüber, wie weit er von seinem Zimmer entfernt war.

他惊讶地发现自己离房间竟然这么远。

Wie war er trotz seiner Schwäche zuvor dorthin gelangt?

他虽然身体虚弱，但之前是怎么到达那里的呢？

Er war fast denselben Weg gegangen, ohne es zu bemerken.

他几乎走了同样的路却浑然不觉。

Er konzentrierte sich jetzt nur noch darauf, so schnell wie möglich zu krabbeln.

他现在只专注于尽可能快地爬行。

Das Ausbleiben von Kommentaren störte ihn nicht.

没有人发表任何评论，这并没有让他感到不安。

Erst als er schon in der Tür war, drehte er den Kopf.

直到他走进门内，才转过头来。

Aber er konnte sich nicht vollständig umdrehen und zurückblicken.

但他却无法完全转身回头看一眼。

Denn er spürte, wie sich sein Nacken beim Umdrehen noch mehr versteifte.

因为他转身时感觉脖子更加僵硬了。

Doch er sah, dass sich hinter ihm ohnehin nichts verändert hatte.

但他发现，身后的一切都没有改变。

Der einzige Unterschied war, dass seine Schwester aufgestanden war.

唯一的区别是他妹妹站了起来。

Sein letzter Blick verriet ihm, dass seine Mutter eingeschlafen war.

他最后瞥了一眼，发现母亲已经睡着了。

Sobald er in seinem Zimmer war, wurde die Tür geschlossen.

他刚一进房间，门就被关上了。

Und sobald die Tür geschlossen war, wurde der Schrank verriegelt.

门一关上，闸门就锁上了。

Gregor erschrak über das unerwartete Geräusch hinter ihm.

格雷戈尔被身后突如其来的声响吓了一跳。

Und vor lauter Überraschung knickten seine Beine unter ihm ein.

突如其来的惊吓让他双腿一软，瘫倒在地。

Es war seine Schwester, die hinter ihm zur Tür geeilt war.

是他妹妹冲到他身后的门口。

Sie stand bereits aufrecht da und wartete auf ihn.

她已经笔直地站在那里，等着他。

Dann machte sie einen leichten Sprung nach vorn, ohne dass Gregor es hörte.

然后，她轻盈地向前跳了一步，格里高尔没有察觉。

"Endlich!", rief sie laut, als sie den Schlüssel umdrehte.

"终于！"她一边转动钥匙一边大声喊道。

„Was nun?", fragte sich Gregor, allein in der Dunkelheit.

"现在怎么办？"格里高尔独自一人在黑暗中自言自语道。

Er merkte bald, dass er sich überhaupt nicht mehr bewegen konnte.

他很快发现自己完全动弹不得了。

Doch seine Unbeweglichkeit überraschte ihn nicht wirklich.

但他对自己的行动不便并没有感到意外。

Sich auf so dünnen Beinen fortbewegen zu können, erschien lächerlich.

用这么细的腿走路似乎很荒谬。

Er wusste nicht, wie ihm das jemals gelungen war.

他不知道自己以前是怎么做到的。

Abgesehen davon fühlte er sich aber relativ wohl.

但除此之外，他感觉还算舒适。

Es stimmt, dass er am ganzen Körper tiefe Schmerzen verspürte.

他的确感到全身剧痛。

Doch der Schmerz schien immer schwächer zu werden.

但疼痛似乎越来越弱了。

Und er hatte das Gefühl, der Schmerz würde irgendwann verschwinden.

他觉得这种疼痛最终会消失。

Er spürte den faulen Apfel in seinem Rücken kaum noch.

他几乎感觉不到背上那颗烂苹果了。

Er dachte mit Rührung und Liebe an seine Familie zurück.

他满怀深情地回忆起家人。

Er spürte die Gefühle seiner Schwester noch stärker als sie selbst.

他比妹妹更能感受到她的情绪。

Sie hatte Recht mit dem, was sie gesagt hatte; er musste gehen.

她说的没错，他必须离开。

Er verbrachte einige Zeit in diesem leeren und friedlichen Zustand.

他在这种空旷而宁静的环境中待了一段时间。

Die Uhr schlug dreimal, leise, aber bestimmt.

时钟轻轻地敲了三下，声音沉稳而有力。

Gregor wurde sanft aus seinen Betrachtungen gerissen.

格里高尔被轻轻地从沉思中拉了出来。

Er beobachtete, wie das Morgenlicht langsam in sein Zimmer drang.

他看着晨光缓缓照进房间。

Dann sank sein Kopf völlig nach unten, ohne dass er es wollte.

然后，他的头不由自主地垂了下去。

Und sein letzter Atemzug entwich schwach aus seinen Nasenlöchern.

他最后一口气从鼻孔里微弱地流了出来。

Das Dienstmädchen kam früh am Morgen in sein Zimmer.

女佣一大早就进了他的房间。

Bei ihrem üblichen kurzen Besuch fand sie nichts Ungewöhnliches vor.

在她例行的短暂访问中，她没有发现任何异常。

Aus Kraft und in Eile knallte sie alle Türen zu.

她凭着一股劲儿和慌乱，砰地一声关上了所有的门。

An ruhigen Schlaf war in der gesamten Wohnung nicht zu denken.

整个公寓里都无法让人安睡。

Sie war gebeten worden, dies morgens zu vermeiden.

她被要求早上不要这样做。

Sie glaubte, er läge absichtlich so regungslos da.

她以为他是故意一动不动地躺在那里。

Vielleicht wollte er ihr zeigen, dass er beleidigt war.

或许他是想向她表明他感到被冒犯了。

Sie vertraute darauf, dass er über alle Arten von Intelligenz verfügte.

她相信他拥有各种各样的智慧。

Sie hielt zufällig den langen Besen in der Hand.

她碰巧手里拿着那把长扫帚。

Also versuchte sie von der Tür aus, Gregor ein wenig zu kitzeln.

于是，她站在门口，试着挠格里高尔的痒痒。

Sie war etwas verärgert darüber, dass er überhaupt nicht reagierte.

她有点恼火，因为他完全没有回应。

Deshalb stieß sie ihn diesmal etwas energischer an.

所以这次她更用力地推了他一下。

Als er keinen Widerstand leistete, sah sie genauer hin.

他没有反抗，她便仔细地看了看。

Bald begriff sie, was Gregor wirklich zugestoßen war.

她很快意识到格里高尔身上究竟发生了什么事。

Sie öffnete die Augen noch weiter und pfiff vor sich hin.

她睁大了眼睛，吹了声口哨。

Doch sie zögerte nicht lange, bevor sie die Tür öffnete.

但她并没有耽搁太久就打开了门。

Und sie rief mit lauter Stimme in die Dunkelheit:

她对着黑暗大声喊道：

"Komm und sieh es dir an, da liegt es, völlig tot."

"快来看看，它躺在那儿，彻底死了。"

Die beiden Eltern saßen aufrecht in ihrem Ehebett.

这对父母笔直地坐在他们的婚床上。

Zuerst mussten sie den Lärmschock überwinden.

首先，他们必须克服噪音带来的冲击。

Doch dann begannen sie langsam, ihre Botschaft zu verstehen.

但后来他们慢慢开始理解她的意思了。

Herr und Frau Samsa sprangen jeweils von ihrer Seite des Bettes.

萨姆萨先生和萨姆萨太太各自从床的一侧跳了起来。

Herr Samsa warf sich die dicke Decke über die Schultern.

萨姆萨先生把厚毯子披在肩上。

Und Frau Samsa kam nur im Nachthemd heraus.

萨姆萨太太只穿着睡衣就出来了。

Und so gelangten sie in Gregors Zimmer.

他们就这样进入了格里高尔的房间。

Inzwischen hatte sich auch die Tür zum Wohnzimmer geöffnet.

与此同时，客厅的门也开了。

Grete hatte dort geschlafen, seit die Mieter eingezogen waren.

自从房客搬进来后，格雷特就一直睡在那里。

Sie war vollständig angezogen, als hätte sie überhaupt nicht geschlafen.

她衣着整齐，好像根本没睡过觉似的。

Ihr blasses Gesicht schien ebenfalls ihren Schlafmangel zu beweisen.

她苍白的脸色似乎也证明了她睡眠不足。

„Er ist tot?", fragte Frau Samsa und blickte die Magd an.

"他死了吗？"萨姆萨太太看着女佣问道。

Das hätte sie selbst überprüfen können, indem sie ihn angesehen hätte.

她本来可以自己看看他，就能证实这一点。

„Ich glaube schon", sagte das Dienstmädchen und hob den Besen auf.

"我想是的，"女仆说着，拿起扫帚。

Und sie schob seinen Körper ein langes Stück über den Boden.

她把他的身体推了出去，使其在地板上滑行了很远。

Frau Samsa machte eine Bewegung, als wolle sie sie aufhalten.

萨姆萨太太做了个动作，好像要阻止她。

Doch am Ende ließ sie das Dienstmädchen Gregor herumschieben.

但最终她还是让女仆带着格里高尔到处走动。

„Nun", sagte Herr Samsa, „endlich können wir Gott danken."

"好吧，"萨姆萨先生说，"我们终于可以感谢上帝了。"

Er bekreuzigte sich; Kopf, Brust, Schultern.

他做了个十字圣号：头、胸、肩。

Und die drei Frauen folgten seinem religiösen Beispiel.

这三位女性也效仿了他的宗教信仰。

Grete, die den Blick nicht von der Leiche abwandte, sagte:

格雷特目不转睛地盯着尸体，说道：

„Seht nur, wie dünn er war! Er hat so lange nichts gegessen."

"你看他多瘦啊，他很久没吃东西了。"

„Das Futter, das ich ihm jeden Morgen hinstellte, war immer unberührt."

"我每天早上留给他的饭菜总是原封不动。"

Tatsächlich war Gregors Körper völlig flach und trocken.

事实上，格里高尔的尸体完全扁平且干燥。

Dies war nun, da er am Boden lag, deutlicher zu erkennen.

他倒在地上后，这一点就更加明显了。

Weil sein Körper nicht mehr von seinen Beinen hochgehalten wurde.

因为他的身体已经无法靠双腿支撑起来了。

Und weil es nichts anderes gab, was die Aussicht beeinträchtigte.

因为周围没有任何其他事物分散注意力。

„Komm doch für eine Weile mit uns herein, Grete", sagte Frau Samsa.

"格雷特，进来和我们待一会儿吧，"萨姆萨太太说。

Während sie sprach, lag ein gequältes Lächeln auf ihren Lippen.

她说话时，嘴角挂着一丝痛苦的微笑。

Grete folgte ihnen, blickte aber auch immer wieder zurück auf die Leiche.

格雷特跟着他们，但也不时回头看了一眼尸体。

Das Dienstmädchen schloss die Tür und öffnete das Fenster ganz.

女佣关上门，把窗户完全打开。

Es war noch früh, daher wäre die Luft normalerweise kalt.

当时时间还早，所以空气通常会比较冷。

Doch in der kalten Luft lag auch ein Hauch von Wärme.

但寒冷的空气中也夹杂着一丝暖意。

Wie eine sanfte Erinnerung daran, dass es nun Ende März war.

仿佛轻轻地提醒我们，三月已经结束了。

Die drei Mieter verließen nun ebenfalls ihr Zimmer.

这时，三位房客也走出了房间。

Sie schauten sich staunend nach ihrem Frühstück um.

他们惊奇地四处张望，寻找早餐。

Das Frühstück wurde vergessen, wegen dem, was das Dienstmädchen gefunden hatte.

因为女佣发现了那件事，早餐被遗忘了。

„Wo gibt es Frühstück?", grummelte der mittlere Herr.

"早餐呢？"中间那位先生抱怨道。

Das Dienstmädchen legte den Finger an den Mund, um Ruhe zu gebieten.

女仆把手指放在嘴唇上，示意安静。

Und sie winkte den Herren hastig und stumm zu.

她匆匆默默地向两位先生挥了挥手。

Das Dienstmädchen geleitete die drei Herren in den Raum.

女仆领着三位男士进了房间。

Und sie erklärte ihnen weiterhin, was geschehen war.

她继续向他们解释发生了什么事。

Und die drei Herren standen um Gregors Leichnam herum.

三位先生围着格里高尔的尸体站着。

Mit den Händen in den Taschen blickten sie nach unten.

他们双手插在口袋里，低头看着前方。

Das Morgenlicht hatte den Raum nun vollständig durchflutet.

晨光已经完全照亮了整个房间。

Dann öffnete sich die Schlafzimmertür und Herr Samsa erschien.

这时卧室门开了，萨姆萨先生出现了。

Auf der einen Seite saß seine Frau, auf der anderen seine Tochter.

一边是他的妻子，另一边是他的女儿。

Herr Samsa trug inzwischen bereits seine Uniform.

萨姆萨先生此时已经穿好了制服。

Man konnte sehen, dass sie alle ein bisschen geweint hatten.

可以看出，他们都哭过一会儿。

Grete drückte ihr Gesicht an den Arm ihres Vaters.

格雷特把脸贴在父亲的胳膊上。

„Verlassen Sie sofort meine Wohnung!", befahl Herr Samsa.

"立刻离开我的公寓！"萨姆萨先生命令道。

Und er deutete auf die Tür, ohne die Frauen gehen zu lassen.

他指着门，却没有放开那两个女人。

„Was meinen Sie damit?", fragte der Mittelsmann verunsichert.

"你这话是什么意思？"中间人困惑地问道。

Und er gab sich alle Mühe, Herrn Samsa freundlich anzulächeln.

他尽力对萨姆萨先生露出甜美的笑容。

Die anderen beiden hielten ihre Hände hinter dem Rücken.

另外两人将双手背在身后。

Und sie rieben sich erwartungsvoll die Hände.

他们搓着手，满怀期待。

Offenbar erwarteten sie einen lauten Streit.

他们似乎预料到会发生一场激烈的争吵。

Aber sie schienen sich auf die bevorstehende Auseinandersetzung zu freuen.

但他们似乎对即将到来的争论感到高兴。

Sie dachten, der Streit würde zu ihren Gunsten ausgehen.

他们认为这场纠纷会对他们有利。

„Ich meine genau das, was ich eben gesagt habe", antwortete Herr Samsa.

"我的意思就是我刚才说的那个意思，"萨姆萨先生回答道。

Er ging mit seinen beiden Begleitern in einer geraden Linie.

他和两个同伴排成一列走去。

Und Herr Samsa ging direkt auf ihren Anführer zu.

萨姆萨先生直接找到了他们的领头人。

Der Herr blieb zunächst stehen und blickte zu Boden.

这位先生起初只是站在那里，低头看着地面。

Die Gedanken in seinem Kopf waren noch im Wandel.

他脑子里的想法还在整理之中。

"Gut, dann gehen wir", sagte er und blickte zu Herrn Samsa auf.

"好吧，我们去，"他说着，抬头看向萨姆萨先生。

Eine neue Demut schien ihn plötzlich ergriffen zu haben.

他似乎突然变得谦逊起来。

Und er schien um Erlaubnis für diese Entscheidung zu bitten.

他似乎是在为这个决定征求许可。

Herr Samsa öffnete die Augen weit und nickte leicht.

萨姆萨先生睁大了眼睛，轻轻点了点头。

Die Herren folgten seinem Befehl unverzüglich.

这些先生们立即遵照他的命令行事。

Und sie machten tatsächlich große Schritte in den Flur hinein.

他们迈着大步走进了走廊。

Seine Freunde hatten bereits aufgehört, sich die Hände zu reiben.

他的朋友们已经停止搓手了。

Sie hatten mitgehört, wie das Gespräch verlaufen war.

他们一直在偷听谈话内容。

Und nun rannten sie ihm nach, als ob sie Angst hätten.

他们现在正追着他跑，仿佛很害怕似的。

Es ist möglich, dass Herr Samsa sie immer noch von ihrem Anführer isoliert.

萨姆萨先生或许仍会让他们与他们的领导人隔离开来。

Sie zogen ihre Stöcke aus dem Stöckebehälter.

他们从棍子盒里抽出棍子。

Und sie verbeugten sich schweigend, bevor sie die Wohnung verließen.

他们默默鞠躬后离开了公寓。

Herr Samsa und die beiden Frauen traten aus dem Vorplatz.

萨姆萨先生和两位女士走出了前院。

Aber eigentlich hatten sie keinen Grund, den Männern zu misstrauen.

但实际上，他们没有任何理由不信任这些人。

Sie lehnten sich ans Geländer, um zu überprüfen, ob sie weg waren.

他们倚在栏杆上，查看他们是否已经离开。

Die drei Herren kamen tatsächlich die Treppe herunter.

这三位先生确实正在下楼梯。

In einer bestimmten Kurve der Treppe verschwanden sie.

在楼梯的某个拐角处，他们消失了。

Und dann brachte die Treppe sie wieder in Sichtweite.

然后，楼梯又把他们带回了视线中。

Dieses Erscheinen und Verschwinden wiederholte sich auf jeder Etage.

这种出现和消失的现象在每一层楼都会重复发生。

Doch schließlich waren sie fast am Ziel.

但最终他们几乎已经查明了真相。

Je weiter sie gingen, desto uninteressanter wurden sie.

他们走得越远，就越无趣。

Alle kehrten erleichtert ins Haus zurück.

大家都回到了屋里，仿佛如释重负。

Sie beschlossen, den Tag zum Ausruhen und für einen Spaziergang zu nutzen.

他们决定利用这一天休息一下，出去散散步。

Sie waren der Meinung, dass sie sich diese Auszeit von ihrer Arbeit verdient hatten.

他们觉得自己理应得到这份工作上的休息。

Sie hatten diese Auszeit nicht nur verdient, sie brauchten sie auch.

他们不仅应该得到这次休息，他们也需要这次休息。

Sie setzten sich an den Tisch, um Entschuldigungsbriefe zu schreiben.

他们坐在桌旁写道歉信。

Herr Samsa verfasste seinen Entschuldigungsbrief an die Geschäftsleitung.

萨姆萨先生向他的管理层写了道歉信。

Frau Samsa schrieb ihren Entschuldigungsbrief an ihre Kunden.

萨姆萨夫人给她的客户写了一封道歉信。

Und Grete schrieb ihren Entschuldigungsbrief an ihren Schulleiter.

格雷特给校长写了一封道歉信。

Während alle schrieben, kam das Dienstmädchen ins Zimmer.

他们都在写作的时候，女佣进了房间。

Ihre Arbeit am Vormittag war erledigt, also ging sie nach Hause.

她上午的工作结束了，所以她要回家了。

Die drei Schriftsteller nickten zunächst, ohne aufzusehen.

三位作家起初只是点了点头，没有抬头。

Das Dienstmädchen schien aber noch nicht gehen zu wollen.

但女佣似乎还不想离开。

Sie wartete einen Moment, bis die drei Schriftsteller aufblickten.

她等了一会儿，直到那三位作家抬起头来。

„Na?", fragte Herr Samsa verärgert, genau wie die anderen.

"怎么样？"萨姆萨先生生气地问道，和其他人一样。

Das Dienstmädchen stand mit einem Lächeln im Gesicht in der Tür.

女仆面带微笑地站在门口。

Sie erweckte den Eindruck, gute Neuigkeiten zu verkünden zu haben.

她给人的印象是似乎有好消息要宣布。

Aber sie würde die Neuigkeit nicht preisgeben, solange sie nicht dazu aufgefordert würde.

但除非有人问起，否则她不会主动透露这个消息。

Die aufrecht stehende Straußenfeder an ihrem Hut schwankte leicht.

她帽子上竖立的鸵鸟羽毛微微摇晃。

Diese Straußenfeder hatte Herrn Samsa schon immer geärgert.

那根鸵鸟毛一直让萨姆萨先生很恼火。

„Also, was wollen Sie dann?", fragte Frau Samsa bestimmt.

"那么，你到底想要什么？"萨姆萨太太坚定地问道。

Das Dienstmädchen hatte nach wie vor großen Respekt vor Frau Samsa.

女佣仍然非常尊敬萨姆萨太太。

„Ja", antwortete sie und lachte freundlich auf.

"是的，"她回答道，并发出了一声友好的笑声。

Einen Moment lang unterbrach sie ihr Lachen und sie verstummte.

她笑了起来，一时说不出话来。

„Um das Ding nebenan brauchst du dir keine Sorgen zu machen."

"你不用担心隔壁那东西。"

„Ich habe bereits dafür gesorgt, wie wir es loswerden."

"我已经安排好如何处理它了。"

Frau Samsa und Grete schrieben ihre Briefe weiter.

萨姆萨太太和格雷特继续写信。

Herr Samsa bemerkte jedoch, dass das Dienstmädchen noch nicht fertig war.

但萨姆萨先生注意到女佣还没干完活。

Nun wollte sie alles genauer beschreiben.

现在她想把所有事情都描述得更详细一些。

Doch er streckte die Hand aus, um ihre Annäherungsversuche zurückzuweisen.

但他伸出手拒绝了她的好意。

Sie erkannte, dass sie an ihren Plänen kein Interesse hatten.

她意识到他们对她的计划不感兴趣。

Und dann erinnerte sie sich an die große Eile, in der sie gewesen war.

然后她才想起自己之前有多么匆忙。

„Dann tschüss", sagte sie, sichtlich beleidigt über das mangelnde Interesse.

"那再见了，"她说道，对对方缺乏兴趣感到很受侮辱。

Bevor sie ging, knallte sie die Tür jedoch mit einem lauten Knall zu.

但她离开前狠狠地把门摔上了。

„Sie wird heute Abend entlassen", sagte Herr Samsa.

"她晚上就会被解雇，"萨姆萨先生说。

Seine Frau und seine Tochter hatten jedoch keine Zeit, ihm zu antworten.

但他的妻子和女儿太忙了，没空回答他。

Weil das Dienstmädchen ihren gerade erst gewonnenen Frieden gestört hatte.

因为女佣打扰了他们好不容易获得的平静生活。

Die Mutter und die Tochter standen auf und gingen zum Fenster.

母亲和女儿起身走到窗边。

Und so blieben sie mit den Armen umeinander liegen.

他们互相搂着对方，就这样待了下来。

Herr Samsa drehte sich in seinem Stuhl um, um sie anzusehen.

萨姆萨先生在椅子上转过身去看他们。

Und eine Weile lang beobachtete er sie schweigend, wie sie dort standen.

他静静地看着他们站在那里，过了好一会儿。

Schließlich rief er ihnen zu: „Willst du zu mir kommen?"

最后他向他们喊道：“你们愿意到我这里来吗？”

„Vergessen wir doch einfach all den alten Kram."

“咱们就把那些旧事都忘了吧。”

"Komm her und schenk mir ein wenig deiner Aufmerksamkeit."

“过来，给我一点关注。”

Die beiden Frauen taten, wie er gesagt hatte, und eilten zu ihm hinüber.

两个女人照他说的做了，赶紧跑到他身边。

Sie umarmten ihn herzlich und küssten ihn.

他们给了他一个热情的拥抱，并亲吻了他。

Sie kehrten schnell zurück, um ihre Briefe fertig zu schreiben.

他们很快回去继续写信。

Dann verließen alle drei gemeinsam die Wohnung.

然后他们三人一起离开了公寓。

Sie waren seit Monaten nicht mehr zusammen aus dem Haus gegangen.

他们已经好几个月没有一起出门了。

Und sie fuhren mit der Straßenbahn an den Stadtrand.

他们乘有轨电车去了市郊。

Sie hatten den gesamten Waggon der Straßenbahn für sich allein.

他们独享了整节电车车厢。

Von draußen strömte Sonnenschein durch das Fenster.

阳光透过窗户从外面倾泻而入。

Die Familie lehnte sich bequem in ihren Sitzen zurück.

一家人舒适地靠在椅背上。

Und sie besprachen die Aussichten für ihre Zukunft.

他们讨论了未来的前景。

Bei näherer Betrachtung waren ihre Aussichten gar nicht so schlecht.

仔细分析后发现，他们的前景并不差。

Alle drei hatten Jobs mit dem Potenzial, mehr zu verdienen.

他们三人都有可能赚更多钱的工作。

Sie hatten einander nie nach ihrer Arbeit gefragt.

他们从未互相询问过对方的工作情况。

Doch nun hatten sie endlich Zeit, solche Dinge zu besprechen.

但现在他们终于有时间讨论这些事情了。

Sie hatten auch die Möglichkeit, in eine kleinere Wohnung umzuziehen.

他们也可以选择搬到面积较小的公寓。

Dies hätte den größten Einfluss auf ihr Leben.

这将对他们的生活产生最大的影响。

Ihre jetzige Wohnung hatte Gregor ausgesucht.

他们现在的公寓是格雷戈尔挑选的。

Aber jetzt könnten sie in eine günstigere Gegend ziehen.

但现在他们可以搬到更便宜的地方了。

Eine kleinere Wohnung, aber eine praktischere.

公寓面积小一些，但更实用。

Das Gespräch über die Zukunft machte Grete wieder lebendiger.

谈论未来让格雷特又恢复了活力。

Herr und Frau Samsa bemerkten auch andere Veränderungen an ihr.

萨姆萨夫妇也注意到她身上的其他变化。

Ihre Wangen waren vor lauter Sorgen ganz blass geworden.

她因为忧虑过度，脸色变得苍白。

Doch ihre Tochter entwickelte sich inzwischen zu einer feinen jungen Dame.

但现在他们的女儿已经出落成一位亭亭玉立的淑女。

Sie war mittlerweile wirklich eine wohlproportionierte und hübsche junge Frau.

她现在确实是一位身材匀称、容貌姣好的年轻女性。

Ihre Eltern wurden still und bewunderten ihre Tochter.

她的父母沉默不语，默默地欣赏着自己的女儿。

Sie wechselten Blicke und kommunizierten unbewusst.

他们不自觉地对视了一眼，交流在进行。

„Es wird bald an der Zeit sein, einen guten Mann für sie zu finden.“

"很快就该给她找个好男人了。"

Die Straßenbahn hatte ihr Ziel erreicht und bremste ab.

电车到达目的地后减速。

Ihre Tochter schien ihre neuen Träume zu bestätigen.

他们的女儿似乎印证了他们的新梦想。

Sie war die Erste, die aufstand und ihren jungen Körper streckte.

她是第一个站起来伸展她年轻身体的人。